Luc Winger

Mord auf Zelluloid

Seine letzte Rolle

Ein Saint-Tropez Krimi 20

Impressum

Bibliografische Informationen der Deutschen Nationalbibliothek: Die Deutsche Nationalbibliothek verzeichnet diese Publikation in der Deutschen Nationalbibliografie; detaillierte bibliografische Daten sind im Internet über http://www.dnb.de abrufbar.

ISBN: 9-783757-862220

Herstellung und Verlag: BoD – Books on Demand, Norderstedt

Covergestaltung: Lemonisland
Foto: privat

Über das Buch

Großes Kino an der Côte d'Azur.

Cannes 1978. Premiere des Kinofilms - Das offene Geheimnis, ein Krimi mit dem berühmten Detektiv Fabrice Petit. Während der Uraufführung erfahren die Zuschauer vom Tod des Hauptdarstellers René Carriere. Seine Frau, die im Publikum sitzt, glaubt nicht an einen natürlichen Tod. Sie beschuldigt die anwesende Filmcrew des Mordes an ihrem geliebten Mann. Als Gast der Vorführung nimmt sich Commissaire Lucie Girard des Falles an. Obwohl sie auf fremden Terrain ermittelt ...

Dies ist ein fiktiver Roman. Die Figuren und Ereignisse im Kontext dessen sind frei erfunden. Jede Ähnlichkeit mit Unternehmen, echten Personen, lebend oder tot, wäre rein zufällig und ist nicht beabsichtigt.

LUC WINGER

LUC WINGER SCHREIBT: KINO ZUM LESEN.

Luc Winger lebt mit seiner Familie in einem kleinen hessischen Dorf. Mehrmals im Jahr verbringt er inspirierende Tage in der Provence. Seine Bücher schreibt er gern im Sommer in freier Natur oder im Winter in einer gemütlichen Hütte. Dazwischen geht er mit seinen zwei Hunden spazieren oder genießt die Zeit im Garten. Der Bezug zu aktuellen oder historischen Themen und Ereignissen sorgt in seinen Büchern für den brisanten Inhalt und den gesellschaftlichen Kontext.

»Einer von uns in diesem Raum ist ein Mörder!«

Agatha Christie, 15.9.1890 – 12.1.1976

Prologue

Der Kinosaal im *Palais des Festivals* war bis zum letzten Platz besetzt. Es herrschte eine positive Anspannung. Die Zuschauer erwarteten die Premiere eines neuen Krimiabenteuers mit dem berühmten Detektiv Fabrice Petit. Dafür waren die Kinofans aus allen Landesteilen nach *Cannes* gekommen. Obwohl der Streifen nicht zu den offiziell nominierten Beiträgen des Filmfestivals gehörte, das jedes Jahr im Mai an der *Croisette* stattfand, war die internationale Presse anwesend. Sie witterten eine Story, die über die übliche Berichterstattung bei Premieren hinausging.

Bereits während der Dreharbeiten sorgte ‚Das offene Geheimnis‘, das war der Titel des neuen Petit-Films, für Aufsehen. Kurz bevor die Aufnahmen im Kasten waren, erlitt René Carriere, der den Detektiv seit Jahrzehnten spielte, nach offiziellen Angaben einen Herzinfarkt und verstarb in Ausübung seines Schauspiels. Die Filmbranche und seine Fans in aller Welt waren geschockt. Hatte er doch vor Produktionsbeginn verkündet, weitere Fortsetzungen drehen zu wollen, was die Filmproduktion im Anschluss bestritt.

Die Zuschauer fragten sich, ob die Serie ohne ihren Star fortgesetzt werden würde. Doch niemand war sich sicher, denn weder Regisseur noch Produzent hatten bisher verlauten lassen, wer in die Fußstapfen des populären ‚Petit‘ treten würde. Es gab einige Gerüchte. Ein ehemaliger James Bond-Darsteller wäre angefragt worden. Andere Stimmen behaupteten, die Produktionsfirma wolle die in die Jahre gekommene Kinoserie umkrempeln und modernisieren, indem sie mehr Actionszenen integrierten und insgesamt eine Entwicklung weg von elaborierten Dialogen hin zu einem modernen Stil mit schnellen Schnitten und Verfolgungsjagden anstrebten. Andere Kassenschlager hatten diesen Wandel initiiert und feierten überwältigende Erfolge. Die Leute wollten von aufsehenerregenden Szenen mitgerissen, statt von langatmig dargestellter Ermittlungsarbeit unterhalten werden. Dieser Trend setzte sich mehr und mehr durch. Die Kinogänger fragten sich, ob mit dem Tod von René Carriere eine neue Ära eingeläutet werden würde?

Von dieser Diskussion und den Gerüchten um den Film ‚Das offene Geheimnis' hatte *Commissaire* Lucie Girard nichts mitbekommen. Sie saß gemeinsam mit einigen Kollegen aus der Region *Provence-Alpes-Côte d'Azur* im Zuschauerraum des Kinos und freute sich auf einen unterhaltsamen Abend, der eine gelungene Ablenkung ihres Polizeialltags werden sollte. Das war jedenfalls die Intention der Präfektin Gisele Mailard, die dazu eingeladen hatte. Neben Lucie saß ihr Vorgesetzter Sebastian Cassel, *Directeur de la Police Nationale*. Auf der anderen Seite von ihr bemerkte sie eine Frau, die ständig zum Taschentuch griff, um ihre Tränen zu trocknen. Sie flossen unaufhörlich. Lucie flüsterte dem *Directeur de la Police* ins Ohr:

»Weißt du, was mit der Frau neben mir los ist? Sie weint ununterbrochen.«

Sebastian wagte einen Blick und bestätigte Lucies Beobachtung.

»Stimmt. Sie wirkt unendlich traurig. Ich habe keine Ahnung, warum. Mir ist die Dame nicht bekannt.«

»Es hat sicher nichts mit dem Film zu tun«, mutmaßte Lucie. »Aber warten wir es ab«, erklärte sie in Erwartung einer gelungenen Vorführung mit anschließendem Champagner-Empfang.

»*Attention!* Der Vorhang geht auf!«, freute sich Sebastian.

Lucie Girard und ihre Kollegen sahen eine klassische Detektivgeschichte mit verworrenen Wendungen und jeder Menge Verdächtiger. Am Ende rief Fabrice Petit in bekannter Agatha Christie-Manier die Protagonisten in einem Herrenhaus zusammen und rollte den Fall von hinten auf. Während er sich ein Familienmitglied nach dem anderen vornahm, kam es zu verbalen Auseinandersetzungen unter den Anwesenden. Man beschuldigte sich gegenseitig, ein Motiv für den Mord gehabt zu haben. Es schien so, dass alle Dreck am Stecken hatten, was den Titel – ‚Das offene Geheimnis‘ – erklärte.

Während des Zusammenseins, das bei einem prasselnden Kaminfeuer und Schneetreiben in einem Castle im Herzen von England stattfand, wurde reichlich Whiskey getrunken. Auch Petit hatte stets ein ordentlich gefülltes Glas in der Hand. Im Laufe seiner plakativen Darstellung der unterschiedlichen Mordszenarien wurde dem Publikum klar, dass der Hauptverdächtige, ein Neffe des ermordeten Lords, nicht anwesend war. Die Familie tat so, als ob ihr Oberhaupt eines natürlichen Todes gestorben sei. Schließlich kam Petit zum Höhepunkt seiner Mordanalyse. Er führte aus, dass der Lord ein Zigarrenliebhaber war und deshalb einen begehbaren Humidor besaß. In diesem hielt sich der alte Herr gerne auf und rauchte ausgiebig seine Cohibas. Auffällig war, dass es dort, als man ihn tot auf dem Boden liegend aufgefunden hatte, nach Knoblauch gerochen hatte. Während Petit in seiner unnachahmlichen Art die Auflösung des Mordes zelebrierte, wurde die Handlung für die Zuschauer völlig unerwartet unterbrochen. Eine Schwarzblende war zu sehen. Auf dem dunklen Hintergrund erschienen weiße Lettern.

Das Publikum im Saal reagierte verwundert. Man tuschelte miteinander. Einige Reporter versuchten, den Text auf der Leinwand zu fotografieren. Auch Lucie war von der Zäsur im Film überrascht. Sie flüsterte Sebastian zu:

»Haben die etwa den Tod des Schauspielers in die Handlung eingebaut?«

Ihr Chef nickte ihr zu:

»Es scheint so. Bin gespannt, wie sie es auflösen.«

Lucie stupste ihn an.

»Lies! Die Texteinblendung.«

Wir bedauern Ihnen mitteilen zu müssen, dass unser geschätzter Kollege René Carriere während der Dreharbeiten einen Herzinfarkt erlitt und wenig später verstarb. In gemeinsamen Gedenken an ihn schweigen wir für eine Minute.

Betroffen sah Lucie Sebastian an. Er hielt den Zeigefinger vor seinen Mund. Sie schwiegen, so wie alle Zuschauer im Kinosaal.

Was dann filmisch folgte, interessierte kaum noch jemanden. Der Star des Films erschien nicht mehr auf der Leinwand. Sein Assistent klärte den Fall in hölzernem Spiel auf.

Während der vergangenen Minuten hatte Lucie die Frau neben sich beobachtet. Bei der Texteinblendung war sie komplett in sich zusammengesunken, weinte ohne Unterlass. Jetzt saß sie aufrecht in ihrem Kinosessel und starrte mit versteinertem Blick auf die Leinwand. Nachdem der Abspann begonnen hatte und dazu eine dezente Musik spielte, stand sie auf und verkündete mit lauter, bebender Stimme:

»Verehrtes Publikum! Ich habe Ihnen etwas mitzuteilen: Ich bin Mathilde Carriere. Mein Mann René Carriere ist während der Dreharbeiten gestorben. Nicht an einem Herzinfarkt. Er wurde ermordet. Da bin ich mir sicher. Seine Mörder sitzen hier im Raum!«

Ein Raunen ging durch die Zuschauermenge. Sicherheitspersonal kam angerannt und zwängte sich von beiden Seiten durch den Gang in Richtung der Frau im schwarzen Kleid, die noch immer stand und sich umsah.

Lucie sah zu Sebastian. Sie tauschten sich über die aufsehenerregende Situation aus:

»Wir sollten uns ihrer annehmen«, schlug Lucie vor.

Ihr Chef stimmte zu und bestimmte:

»Ich kümmere mich um die Sicherheitsleute. Du um *Madame* Carriere.«

In wenigen Worten erklärte Lucie der Witwe, dass sie als *Commissaire* bei der Polizei arbeite und Morde aufkläre. Bevor die Security sie erreichte, nahm Lucie *Madame* Carriere am Arm und führte sie an den fassungslos blickenden Zuschauern aus dem Saal. Währenddessen diskutierte Sebastian Cassel mit dem Chef der Sicherheitsfirma. Er zeigte seinen Polizeiausweis und fragte nach einer Liste mit den Namen und den Adressen der anwesenden Filmcrew. Nach einigem hin und her hielt er die Aufstellung der Mitarbeiter des Filmdrehs und der Filmbearbeitung in Händen.

Danach zwängte er sich durch die den Saal verlassende Zuschauermenge auf die *Croisette* ins Freie. Draußen wartete die *Commissaire*. Mathilde Carriere war in der Zwischenzeit in einer schwarzen Limousine vor der Presse geflüchtet. Lucie hatte sich mit ihr für den folgenden Morgen im Hotel *Carlton* verabredet. Während Christian Cassel auf sie zukam, zündete er sich ein Zigarillo an. Lucie rauchte unterdessen ihre geliebte *Gitanes*. Ohne große Vorrede kam sie gleich auf den heiklen Punkt ihres Handelns zu sprechen:

»Ich habe vor, den Mordfall zu übernehmen. Könntest du mit den Kollegen aus *Cannes* reden? Ich arbeite gerne mit ihnen zusammen.« Sie schickte hinterher: »Wenn es sein muss.«

Ihr Vorgesetzter runzelte die Stirn. In seinem Smoking und den streng zurückgekämmten schwarz gefärbten Haaren wirkte er wie aus einem Mafia-Film entsprungen. Mit einem Zigarillo im Mundwinkel antwortete er skeptisch:

»Willst du dir das unbedingt antun? *Cannes* ist nicht dein Einsatzgebiet. Mir ist klar, wenn *Commissaire* Girard sich etwas in ihren schönen Kopf gesetzt hat, dann habe ich wenig Chancen, es ihr auszureden. So ist es immer gewesen, *n'est-ce pas, Lucie?«,* ergänzte er, denn er kannte Lucies Eigenheiten und ihren Ehrgeiz.

Sie zwinkerte ihm zu. Sie wusste ganz genau, dass er ihr nur selten etwas ausschlug.

»Versetzen wir uns in ihre Lage. Die Frau tut mir leid. Während des ganzen Films, in der ihr Mann den Detektiv gespielt hat, weinte sie ohne Unterlass. Ihre Mordanschuldigung hat mich und das Publikum getroffen! Ich kann nicht anders ...«

»Schon gut. Ich rede mit meinem Kollegen vom *Département Alpes-Maritimes*. Ich kenne den hiesigen *Chef de la Police,* Charles Dalmasso, von gemeinsamen Sitzungen und Telefonaten recht gut. Er ist ein umgänglicher Typ. Du solltest damit rechnen, dass er dir einen *Commissaire* aus seinem Team zu Seite stellt. Du hast doch nichts dagegen?«

Lucie nahm einen tiefen Zug von ihrer *Gitanes*. Dabei sah sie die abendlich stimmungsvoll illuminierte und stark frequentierte *Croisette* entlang.

»Wenn es unbedingt sein muss, es wäre mir lieber ohne einen Wachhund an meiner Seite. Ich widersetze mich aber nicht. Wie du weißt, habe ich so meine Erfahrung mit übereifrigen männlichen Kollegen gemacht.«

Sebastian Cassel wusste, worauf sie anspielte. Er erinnerte sich an Franc Sarasin, den ambitionierten *Commissaire* aus *Monaco*. Mit ihm hatte Lucie vor einigen Jahren zutun gehabt. Sie hatten gemeinsam einen Mord und eine Geiselnahme in dem berühmten Spielcasino von *Monte-Carlo* aufgeklärt. Zwei Jahre später arbeiteten sie während des *Monaco Formel 1 Grand Prix* zusammen. Zwischenzeitlich hatte Lucie eine kurze Affäre, die sie heute am liebsten verdrängte.

Sebastian wies seine Lieblingsmitarbeiterin auf ihr Versprechen hin.

»Du erinnerst dich? Keine Alleingänge mehr! Oder willst du, dass ich persönlich deine Ermittlungen begleite?«

Lucie schnickte die Zigarettenkippe in den Rinnstein.

»Äh ... schon gut. Ich habe verstanden. Ich bin kooperationsbereit und melde mich regelmäßig bei dir.«

»Dann bleibst du für die nächsten Tage in *Cannes,* wie ich vermute.«

»Das muss ich wohl. Eigentlich hatte ich vorgehabt, heute Abend wieder nach *Fréjus* zurückzufahren. In irgendeinem Hotel werde ich ein Zimmer für mich finden. Wobei ... in *Cannes* ist immer viel los.«

»Für heute Nacht kannst du mein Hotelzimmer haben. Ich fahre sowieso lieber zurück. Der Trubel hier ist nichts für einen Mann in meinem Alter.«

Lucie sah ihren Chef schräg von der Seite an.

»Kokettiere nicht mit deinen knapp fünfzig. Du hast dich wacker gehalten. Wobei ... mit grauen Strähnen in deinen Haaren würdest du attraktiver aussehen.«

Sebastian errötete im Licht der Laterne.

»Woher weißt du, dass ich meine Haare färbe?«

»Das entgeht einer Frau nicht.«

Als Reaktion entwich ihm ein Grunzlaut.

»Ich wohne im *Majestic*. Am besten begleite ich dich dorthin. Lass mich meine Sachen packen und dann bist du mich los. Die Buchung ist nur für eine Nacht. Danach musst du dir eine andere Bleibe suchen.«

»Das werde ich schon irgendwie bewerkstelligen.«

Auf dem Weg zum Hotel, das nicht weit entfernt vom *Palais du Festival* lag, unterhielten sie sich über Hintergründe zu einer möglichen Ermordung René Carrieres. Lucie war der festen Überzeugung, dass die Witwe des Schauspielers mit ihrer Anschuldigung richtig lag.

»Eine Ehefrau spürt, ob ihr Mann eines natürlichen Todes gestorben ist oder nicht«, erklärte sie, als sie vor dem modernen Hotelgebäude angekommen waren, das wie viele weitere Luxushotels die *Croisette* säumte.

Sebastian wusste, worauf seine Mitarbeiterin hinauswollte.

»Du konntest dich bei deinen Fällen immer auf dein Bauchgefühl verlassen. Das unterscheidet dich von den meisten deiner männlichen Kollegen, *Madame la Commissaire* Girard!« Er legte kameradschaftlich seinen Arm um sie.

Lucie ließ es sich gefallen und sah ihn gewinnend an. Sebastian hatte sich die ganzen Jahre seiner Mitarbeiterin gegenüber über absolut integer verhalten. In freundschaftlichem Ton schlug sie ihm vor:

»Wie wäre es mit einem Drink an der Hotelbar, bevor du fährst? Die Bar im *Majestic* hat einen exzellenten Ruf.«

Sebastian willigte ein.

Aus einem Absacker wurden mehrere Cocktails. Sie nutzten die seltene Gelegenheit, sich ohne den täglichen Arbeitsdruck auszutauschen. Weit nach Mitternacht musste der *Directeur de la Police* einsehen, dass er nicht mehr nach *Toulon* zurückfahren konnte. So kam es, dass Lucie einen Gast auf der Couch ihres Hotelzimmers willkommen hieß. Er bestand darauf, dass sie das bequeme Kingsize-Bett bekam, worüber sie froh war. Ohne zu Murren machte er es sich auf der zur kurzen Liegefläche des Sofas bequem.

Bevor sie einschlief, stellte sie sich vor, wie sich Mathilde Carriere wohl gefühlt hatte, ihren kürzlich verstorbenen Mann auf der Leinwand agieren zu sehen. Es mussten quälende Empfindungen gewesen sein. Zum einen war es ergreifend, ihn noch einmal erleben zu dürfen, zum anderen wurde dadurch die Trauer ins Unermessliche verstärkt. Der Tod eines Schauspielers war etwas anderes als der Tod eines normalen Menschen. Ein Darsteller lebte in seinen Filmen weiter. Er blieb auf ewig präsent. Wie eine konservierte Person. Auch nach seinem Tod verkörperte er den Detektiv Fabrice Petit. Lucie stellte sich vor, dass seiner Frau die Erinnerungen an die Privatperson René Carriere blieben. Doch wusste Mathilde noch, was von ihm gespielt und was echt war? Sicher hatte er sich in den vielen Jahren seiner Tätigkeit als Schauspieler einige Charakterzüge der Filmpersönlichkeit, die er darstellte, angeeignet. Das zu akzeptieren, war für Carrieres Frau sicherlich schwierig. Trotzdem liebte sie ihren Ehemann und Partner. Petit war ein Produkt der Leinwand, dessen sich der Schauspieler mit Haut und Haaren hingegeben hatte. Er verkörperte ihn. Ließ ihn lebendig werden. War er im Laufe der Jahre zu Fabrice Petit geworden?

Lucie drehte sich von rechts nach links in ihrem bequemen Hotelbett. Sie hörte Sebastians Schnarchen. In ihren wirren Gedanken war sie weiter bei Mathilde Carriere.

Vermutlich war es für seine Frau zeitlebens eine Herausforderung, sein Doppelleben zu akzeptieren. Fragte sie sich manchmal, mit wem sie sprach? Konnte es soweit gekommen sein, dass der Mann den sie einmal geheiratet hatte, allmählich verschwand? Ihr Partner zu einer Filmfigur wurde, die von Drehbuchautoren definiert wurde? Fragen, die Lucie nicht beantworten konnte.

An der Grenze vom Wachsein zum Schlaf verschwommen Lucies Gedanken zu Halluzinationen. Endlich schlummerte sie ein. Sie träumte, dass René Carriere nach dem Zwischenruf seiner Frau, von der Leinwand herabstieg, zu ihr ins Publikum ging, sie umarmte und küsste. Er besänftigte sie, indem er ihr erklärte, dass er als Fabrice Petit weiterleben würde. Sie solle sich nicht grämen. Als Filmfigur sei er unsterblich. Das Publikum stimmte ihm zu. Es applaudierte. Dann wachte Lucie auf. Sie hörte das regelmäßige Schnarchen ihres Chefs auf der Couch. Es beruhigte sie. Endlich fand sie die ersehnte Nachtruhe.

Chapitre un

Wenige Wochen zuvor. Beim Filmdreh in einem Schloss in England

Wutentbrannt feuerte René Carriere sein Toupet auf den Schminktisch der Maskenbildnerin. Er zeterte:

»Ich lasse mir das nicht länger gefallen! Diese Kretins! Sie haben keine Ahnung von anspruchsvollem Schauspiel. Ich mache da nicht mehr mit.«

Martine Cohen versuchte, den alternden Darsteller der Fabrice Petit-Krimis zu besänftigen:

»Du bist der Star. Die Leute kommen wegen dir ins Kino. Lass dich nicht von diesem lächerlichen Bürschchen Toni Camera zur Seite drängen. Er kann sich keine zwei Sätze merken.«

Der Schauspieler verzog sein Gesicht.

»Pah! Das ist unserem Regisseur Didier Antune egal. Er hört auf die Produktionsleitung, die will einen neuen Typ Detektiv etablieren. Jung und dynamisch. Ein Draufgänger ohne jegliches Gespür für Text und Schauspiel. Was glaubst du, warum sie mir diesen Schönling als Assistenten zur Seite gestellt haben? Eine billige Actionfigur. Wie in den Comics. Für ihn wurden im Drehbuch jede Menge Verfolgungsjagden eingebaut. Mal rast er in einem Sportwagen durch die Dörfer. Dann springt er mit dem Motorrad über Mauern. Er beweist ständig, was für ein mutiger Held er ist. Stell dir vor – drei Drehtage sind dafür bisher draufgegangen. Und von mir verlangen Sie, die Dialogszenen in zwei Takes perfekt einzuspielen.«

René Carriere hatte sich mittlerweile auf den bequemen Sessel vor den Schminkspiegel gesetzt. Martine bemühte sich, ihm sein Toupet erneut aufzuziehen. Er trug es seit einigen Jahren. Sein eigenes Haar war für die Rolle des Detektivs zu spärlich geworden.

»Du hast deinen Text draufgehabt, wie ich dich kenne?«

Er schnaubte verächtlich.

»Im Prinzip schon. Wenn Didier nicht dauernd Änderungen vorgenommen hätte. So bin ich mehrmals rausgekommen. Ich hasse dieses unprofessionelle Verhalten!«

Sie legte die typische Petit-Haarsträhne auf seine Stirn.

»Reg dich nicht auf. So sind sie nun mal, die jungen Wilden.«

»Jetzt zeigst du auch noch Verständnis für sie, Martine!«

»Das muss ich wohl. Denn sie sind die Zukunft«, stellte sie ehrlicherweise fest.

Er drehte sich ruckartig zu ihr um.

»Was redest du da? Willst du mich etwa loswerden? Noch gehöre ich nicht zum alten Eisen.«

Sie legte ihre Hand auf seine Schulter.

»So habe ich das nicht gemeint. Du bist aufgebracht. Das ist verständlich. Jedoch müssen wir alle mit der Zeit gehen und uns anpassen. Wenn ich das die ganzen Jahre nicht getan hätte, wäre ich nicht mehr gebucht worden. Die Mode ändert sich. Jede Saison gibt es neue Farben, die ich verwende. Männer tragen heutzutage lange Haare. Wer weiß, welcher Trend danach kommt? Ich liebe die Abwechslung und Veränderung in meinem Beruf. Es wird einem nie langweilig.«

Er sah sich im Spiegel an. Dabei strich er über die kleinen Fältchen rund um seine Augen, leckte einen seiner Finger ab und führte ihn zu seinen wild abstehenden Augenbrauen, die er darauffolgend glättete.

»Bei dir mag das so sein. Ein Schauspieler ist seiner Rolle verpflichtet. Und meine gibt nun mal einen distinguierten belgischen Gentleman vor. Ich kann nicht plötzlich zu einem italienischen Casanova werden oder wie ein Hippie zu Beatmusik tanzen. Das passt nicht. Ich bin eine anerkannte und geschätzte Persönlichkeit. Meine Markenzeichen sind erstklassige Manieren und messerscharfer Verstand. Was soll ich da mit so einem Schnösel an meiner Seite anfangen, der sich wie ein Rüpel benimmt und Kaugummi kaut?«

Mittlerweile saß das Toupet wieder. Martine kümmerte sich nun um das Kaschieren von Hautunreinheiten und Altersflecken. Sie bemühte sich, weiter zu vermitteln.

»Gib ihm eine Chance. So unterschiedlich ihr seid, so unterhaltsam kann es für den Zuschauer werden. Vielleicht könnt ihr euch necken und gegenseitig aufziehen. Stehe über den Dingen. Das ist mein Rat.«

Beim Pudern schloss er die Augen und gab sich einsichtig.

»Meinst du? Dann müssten wir an den Dialogen arbeiten. Ich werde mal mit Didier sprechen. Eine Prise Humor und Selbstironie würde meiner Rolle guttun.«

Sie bürstete Haare von seiner Schulter. Ihr war klar, dass er sich nicht mit dem Regisseur austauschen würde. Dazu war er zu sehr von sich eingenommen und nicht in der Lage, von seinen Prinzipien abzuweichen. Trotzdem redete sie ihm weiter zu.

»Siehst du. Es gibt immer eine Lösung.« Sie unterbrach ihren Redefluss für einen Moment. »Hast du den Gong gehört? Du musst wieder raus.«

Kurz darauf verließ René Carriere den Wohnwagen der Maskenbildnerin. Er hatte tatsächlich vor, mit Didier Antune zu sprechen. Nur ging es ihm dabei nicht darum, Humor in seine Rolle zu bringen. Eher das Gegenteil. Er hatte vor, seine tradierten Vorstellungen, mit allen Mitteln durchzusetzen.

Der Regisseur saß in seinem Klappstuhl und unterhielt sich mit Phillip Moulin, dem *Director of Photography* (DoP), dem ersten Kameramann. Sie fachsimpelten über eine neue kompakte Filmkamera, die speziell für Verfolgungsjagden und Actionszenen ausgeliehen worden war.

Phillip Moulin bemängelte:

»Mit der Optik, die wir verwenden, haben wir nur einen geringen Tiefenschärfenbereich. Ich muss ständig nachjustieren, was auf einem fahrenden Auto eine Herausforderung ist.«

Der Regisseur wollte es genau wissen:

»Warum wechselst du nicht zu einem lichtstärkeren Objektiv?«

»Alles schon ausprobiert. Das bringt nicht viel ... Achtung! ... da kommt dein spezieller Freund Carriere. Ich verdünnisiere mich lieber. Habe keine Lust, von ihm angemacht zu werden. Dem passt doch nichts. *Monsieur* vereinigt alles in seiner Person. Schauspieler, Regisseur, Kameramann und Drehbuchautor.«

Didier Antune raunte Phillip Moulin zu:

»Du hast den Produzenten vergessen. Den vertritt er auch. Bin gespannt, was er dieses Mal von mir will.«

Der Regisseur verdrehte genervt die Augen. Anschließend veränderte er seinen Gesichtsausdruck zum gespielt Positiven, als René Carriere auf ihn zukam. Ihm war klar, dass er sich gegenüber dem einflussreichen Schauspieler zusammennehmen sollte.

»*Monsieur* Carriere was gibt es?«, fragte er scheinheilig.

Der Angesprochene kam gleich zur Sache:

»Ich glaube, ich muss Sie nicht daran erinnern, dass der Film, an dem wir gemeinsam arbeiten, ein klassischer Krimi werden soll und kein Actionstreifen. Die Szenen ...« Weiter kam er nicht. Denn Didier Antune unterbrach ihn.

»Und ich muss Sie nicht daran erinnern, dass ich die Rückendeckung des Produzenten habe. Alle Szenen, die wir drehen, sind abgestimmt und genehmigt.«

»Papperlapapp! Was reden Sie da? Der Film wird wie die Vorherigen von der Produktionsgesellschaft ›*La Lumière*‹ finanziert. Und die bleibt sich treu. Es gibt keine neumodischen Experimente.« Carriere wusste, dass er sich auf dünnem Eis befand.

»Experimente? Wir folgen dem Drehbuch, das von der Produktionsleitung freigegeben wurde. Mir ist durchaus geläufig, dass Sie ein Vorstandsmitglied dieser Gesellschaft sind. Ihr Einfluss ist aber begrenzt.« Didier Antune verzog seinen Mund zu einem gequälten Grinsen. »Wie Sie sicherlich wissen, hat sich an der Zusammensetzung des Entscheidergremiums einiges geändert. Und die Veränderungen werden weiter gehen. Auch die Filme betreffend. Was starren Sie mich so an? Sind Sie nicht darüber informiert, mein lieber Carriere?«

Der Schauspieler hasste es, wenn man so mit ihm sprach. Er war es gewohnt, Ansagen zu machen. Wusste der Regisseur nicht, dass er seit Jahrzehnten zu den Schlüsselfiguren der französischen Filmbranche gehörte? Wahrscheinlich war dem Jungspund die Durchsetzung seines Egos wichtiger. Und die Fortführung des cineastischen Leckerbissens egal. Hauptsache, er konnte seine schrägen Ideen mit Stunts und schnellen Schnitten verwirklichen. Carriere machte überdeutlich klar:

»Spielen Sie sich nicht so auf. Ich bin durchaus über die Veränderungen informiert. Wir haben einen neuen Investor gewinnen können. Dieser wird sich an die etablierten Regeln und unseren Codex halten. Keine Experimente mit den Kassenschlagern. Die freien Autorenfilmer dürfen sich austoben. Und eben nicht die Regisseure von bewährten Filmtiteln, wie die Krimis mit Fabrice Petit. Haben Sie mich verstanden?«

Didier Antune ließ sich nicht so leicht beeindrucken. Der ehrgeizige Regisseur fühlte sich überlegen, hatte er doch in den letzten beiden Jahren genau jene Kassenschlager durch seinen typischen Stil noch erfolgreicher machen können. Er hauchte ihnen neues Leben in Form einer modernen Interpretation und Bildsprache ein. Erhobenen Hauptes legte er nach:

»Was glauben Sie, warum Fabrice Petit einen Assistenten an die Seite gestellt bekommen hat? Die Zuschauer traditioneller Ermittlerkrimis sterben aus. Die jungen Leute erwarten dynamische Filme und lebendige Szenen. Langatmige Dialoge sind nicht mehr gefragt. Seien Sie froh, dass Sie Petit noch darstellen dürfen. Ich darf Ihnen verraten, dass der Italiener im Vorstand Sie absetzen wollte. Wussten Sie das etwa nicht?«

Eigentlich hatte Didier Antune nicht vorgehabt, dieses vernichtende Argument zu bringen. Doch René Carrieres überhebliche Art ließ ihm keine andere Wahl.

Der Schauspieler fing zu schwitzen an. Das Gespräch erzürnte ihn mehr, als er einzugestehen bereit war. In den letzten Monaten war ihm nach und nach klar geworden, dass die althergebrachten Methoden, mit denen er die ganzen Jahre über erfolgreich agiert hatte, kaum noch funktionierten. Bei dem Italiener handelte es sich um einen potenten Geschäftsmann, der sich an den überaus beliebten Italowestern orientierte, die auf dem Weltmarkt gewinnbringend vermarktet wurden. Er strotzte nur so vor Selbstbewusstsein. Carriere war der Meinung, dass dieser Mann von filmischem Anspruch und Qualität keine Ahnung oder kein Interesse hatte. Hauptsache die Zuschauer strömten in die Kinos und die Produktion spielte ein Vielfaches der Investitionen ein. Es ging um Marge. Nicht um Niveau.

René Carriere versuchte, seine prekäre Situation herunterzuspielen, indem er argumentierte:

»Stelle ich Fabrice Petit dar oder nicht? Wenn der Italiener so mächtig wäre, wie sie behaupten, dann würden wir hier nicht mehr diskutieren. Meine Position ist sicher. Petit bleibt Petit. In diesem und in den nächsten Filmen. Daran können weder der Italiener noch sie als Regisseur etwas ändern. Schreiben Sie sich das hinter ihre Ohren! So, und jetzt will ich die letzte Dialogszene erneut drehen. Ich war damit nicht zufrieden. Haben wir uns verstanden?«

René Carriere hatte seine ganze Autorität aufbringen müssen, um Didier Antune die Stirn zu bieten. Dieser war so klug, nicht weiter zu insistieren. Es machte keinen Sinn. Dafür würde er gleich morgen das Gespräch mit der Produktionsleitung suchen. So konnte es nicht weitergehen. Der alte Sack René Carriere boykottierte seine Arbeitsweise. Entweder er musste gehen oder …? Das wollte sich der Regisseur nicht vorstellen. Noch nicht.

»Wie Sie meinen, *Monsieur* Carriere. Sie müssen mit den Konsequenzen Ihres Handelns leben, nicht ich.«

Didier Antune nahm das Megafon zur Hand und forderte die Filmcrew auf, sich für die nächste Szene bereit zu machen. Er ließ René Carriere wie einen dummen Jungen zurück.

Chapitre deux

Cannes, Hotel Carlton, 5. September 1978, am späten Morgen

Mit fließenden Bewegungen betrat Mathilde Carriere den Frühstücksraum des Luxushotels, der einem englischen Wintergarten glich. Sie trug einen schillernden lachsfarbenen Hosenanzug. Schwebend erreichte sie Lucie Girard, die ihr freundlich zuwinkte.

»Oh! Sie haben einen der besten Tische für uns ergattern können *Commissaire!*«, begrüßte sie Lucie überschwänglich.

»Ja, ich hatte Glück. Es war einer der letzten Plätze. Ich durfte mich setzen, weil ich erklärt habe, dass ich mit Ihnen verabredet bin. Sonst hätte ich ihn sicher nicht als Frühstücksgast in diesem Luxushotel einnehmen können.«

Mathilde Carriere setzte sich. Dabei strich sie sich eine blond getönte Strähne aus ihrem toupierten Haar. Ihre Gesichtszüge wirkten angespannt. Ein Augenlid zuckte nervös. Und sie redete ohne Punkt und Komma.

»Ich bin Ihnen ja so dankbar, dass Sie mich gestern Abend angesprochen haben. Es hat mich eine unglaubliche Überwindung gekostet, im Saal vor aller Augen aufzustehen und die Mörder meines Mannes anzuklagen. Aber ich konnte nicht anders, nachdem ich ihn ein letztes Mal in seiner Paraderolle erleben durfte. Was für eine Tragödie und was für ein Glück? Sein Schauspiel wird unvergesslich bleiben. Seine Filme sind heute schon Klassiker.« Tränen flossen ihre Wangen herunter. »Am schlimmsten ist, dass ich keine Möglichkeit hatte, mich von ihm zu verabschieden. Er ist aus dem Leben geschieden während der Ausübung seiner Passion. Man hat ihn mir und der Welt genommen. Einfach so. *N'est-ce pas une tragédie«*, wiederholte sie.

Lucie bemühte sich, dem Redefluss der Anfang sechzigjährigen Dame zu folgen. Eigentlich hätte sie gerne einen *Café* bestellt. Doch die *Garçons* schienen keine Notiz von ihnen zu nehmen. Sie eilten ständig hin und her. Manchmal hatte es den Anschein, dass sie bewusst wegsahen. Das Ganze wirkte wie eine einstudierte Choreografie.

»Wahrlich. Es ist eine Tragödie«, bestätigte die *Commissaire*. »Es gab wohl niemand an diesem Abend im Kino, der nicht geschockt war, als mitten im Film die Nachricht seines Todes eingeblendet wurde. Und dazu Ihre Anschuldigung. Der Ausgang des Films war zweitrangig. Die Leute redeten nur noch über den vermeintlichen Mord. Ein gefundenes Fressen für die Presse. Wurden Sie danach behelligt? Reporter können äußerst dreist sein. Für eine Schlagzeile tun sie alles.«

Nun wurden sie doch noch von einem *Garçon* wahrgenommen. Er kam an ihren Bistrotisch, verbeugte sich und fragte nach ihrem Begehren. *Madame* Carriere bestellte ein englisches Frühstück. Die *Commissaire* beließ es bei einem *Croissant* und einem *Café au lait*.

Auf Lucies Bemerkung über die Presse reagierte die Schauspielerfrau unaufgeregt. Sie hatte wohl schon einige Erfahrung mit Skandalreportern hinter sich.

»Ja, ja. Die Presseleute. Ich halte sie mir mit meinen Bodyguards vom Leib. Sie bändigen die Meute und bringen mich sicher ans Ziel. Was würde ich nur ohne die Bulldoggen machen? Entschuldigen Sie meine Ausdrucksweise. Ich nenne meine zwei Muskelmänner gerne so.«

Spätestens jetzt realisierte Lucie, dass Mathilde Carriere in einer elitären Sphäre schwebte. Sie verkniff sich eine despektierliche Bemerkung. Lieber kam sie auf das eigentliche Thema ihrer morgendlichen Unterredung zurück.

»*Madame* Carriere, ich muss Sie das fragen: Wer vermuten Sie, steckt hinter dem Mord an ihrem Mann? Sie sagten, er oder sie hätten sich im Kinosaal befunden?«

Mittlerweile rauchten die Frauen. Mathilde Carriere benutzte dazu eine elegante Zigarettenspitze. In Lucies Mund klemmte eine filterlose *Gitanes*. Sie waren optisch wie charakterlich ein ungleiches Gesprächspaar, wie Lucie insgeheim feststellte.

»Fragen Sie ruhig. Ich habe nichts zu verheimlichen. Mein Verdacht bezieht sich auf die Leute, die ihn beruflich umgaben. Die Filmcrew. Möglicherweise jemand von der Produktionsgesellschaft. Es muss eine Person gewesen sein, die Zugang zu den Filmaufnahmen gehabt hatte. Er verstarb am Set.«

Das Frühstück wurde serviert. Lucie nippte an ihrem *Café*. *Madame* Carriere trank *English Breakfast Tea*.

»Sie verdächtigen eine bestimmte Person?«

»Nein. Dazu kenne ich die Chefs und Mitarbeiter nicht genug. Ich weiß nur, dass es mächtig Streit gegeben hat. René konnte, wenn ihm was nicht passte, unangenehm werden.«

»Es gab also Ärger? Worum ging es dabei? Hat er mit Ihnen darüber gesprochen?«

Lucie biss in ihr *Croissant,* auf das sie Erdbeermarmelade gestrichen hatte. Es schmeckte vorzüglich nach Butter und Früchte.

»Er hat nur Andeutungen gemacht. An seiner Laune konnte ich aber feststellen, dass er äußerst unzufrieden mit seiner aktuellen Situation war. Irgendetwas schien ihn zu belasten.«

Lucie wunderte sich. Normalerweise tauschte man sich in einer Ehe über solch bedeutende Probleme aus. Sie wollte es genauer wissen.

»Sprach er nur ungern über seine Tätigkeit und die Sorgen, die er hatte?«

Mathilde Carriere wich etwas zurück. Sie bekam einen pikierten Gesichtsausdruck.

»Meinen Sie etwa, er hatte Geheimnisse vor mir?« Es schien so, als ob sie die Frage auch an sich selbst richtete, denn sie fuhr fort: »Im Nachhinein, wenn ich es mir recht überlege, hat er mir so gut wie nie von seinem Engagement in der Produktionsfirma berichtet. Das Einzige, worüber ich informiert war, ist, dass es viele Besprechungen gab zu denen er nach Paris und Rom oder in andere europäische Städte gereist ist.«

»Aber den Namen der Firma, den können Sie mir sagen?«

»*Mais oui. La Lumière*. Er war Anteilseigner. Mehr kann ich beim besten Willen nicht zur Aufklärung beitragen, muss ich zu meiner Schande gestehen. Aber ich bin bereit, Ihnen Einblick in seine Unterlagen zu gewähren. Falls ich den Code zu seinem Safe finde.«

Lucie spürte, wie schwer es Mathilde Carriere fiel, zuzugeben, dass sie so gut wie nichts über das Berufsleben ihres Ehemanns wusste. Der Safe symbolisierte die Distanz, die er die ganzen Jahre über zu ihr gewahrt hatte. Die *Commissaire* vermutete in ihm einen Patriarchen, der niemandem vertraute.

»Es wäre äußerst hilfreich, Einblick zu erhalten, *Madame* Carriere.« Lucie wagte sich weiter vor: »Es geht Ihnen nicht nur darum, den Mörder Ihres Mannes zu finden, nicht wahr? Sie wollen herausfinden, mit wem Sie verheiratet waren?«

Es folgte ein betroffener Gesichtsausdruck und ein stummes Nicken. Die Farbe war aus *Madame* Carrieres Gesicht gewichen. Stammelnd gestand Sie:

»Die ganzen Jahre, um genau zu sein 35, war ich in einen goldenen Käfig eingesperrt. Er hat mich wie ein unmündiges Kind behandelt. Als wir jung waren, durfte ich ihn zu Empfängen und Parties begleiten. Stets lächelnd. Ein Vorzeigepüppchen. Als ich älter wurde, saß ich alleine zuhause, wenn er sich feiern ließ, geehrt wurde oder mal wieder eine Filmpremiere stattfand. Statt meiner nahm er junge Schauspielerinnen mit, die an seiner Seite die unschuldige Blondine mimten. Es schmerzte mich. Irgendwann habe ich nicht mehr gefragt, wo er hinging, warum er sich in Schale warf. Es war mir egal. So abgestumpft war ich geworden.«

»Und heute?«, fragte Lucie. Denn sie ahnte, dass sich etwas geändert hatte.

»Die Parties wurden weniger. Und er wurde nachdenklich. Zog sich zurück. Saß Abende lang alleine vor dem Kamin. Trank Cognac, rauchte eine Zigarre und starrte vor sich hin. Die Falten in seinem Gesicht wurden tiefer. Trotzdem teilte er sich mir nicht mit. Doch ich hörte seine Telefonate. Er beschwerte sich und regte sich mächtig auf. Oft kam er mit hochrotem Kopf aus seinem Arbeitszimmer. Dabei fluchte er vor sich hin. Es hatte den Anschein, dass er mit seinen Ansichten nicht mehr gefragt war.«

Lucie sortierte die Krümel ihres *Croissants* auf ihrem Teller. Sie hätte gerne noch eine zweite Tasse *Café* bestellt. Doch sie wollte den Gesprächsfluss nicht unterbrechen.

»Hat er irgendeine Bemerkung fallen lassen? Einen Namen erwähnt? Sie haben doch sicher ab und zu über seine Tätigkeit gesprochen?«

Der *Commissaire* erschien es sinnvoll, Fragen mehrmals und in unterschiedlicher Formulierung zu stellen. Sie wusste, dass im Laufe eines Gesprächs eine vertraute Atmosphäre entstand. Es lohnte sich, Themen erneut anzusprechen, um mehr herauszufinden.

»Wenn Sie mich so fragen ... da gibt es einen Namen, den er oft erwähnte, Pietro Mauro. Er sei bei *La Lumière* eingestiegen. Der Italiener hätte sich in die Firma eingekauft und wolle sie neu ausrichten.«

Endlich kam Bewegung in die Sache.

»Das hat er Ihnen gesagt? Neu ausrichten? Das kann vieles bedeuten. Können Sie mir mehr dazu erklären? Ich kenne mich im Filmbusiness nicht so gut aus«, schwindelte die *Commissaire.* Eigentlich war sie ein leidenschaftlicher Filmfan und verschlang jede Pressemeldung über Schauspieler, Filmpremieren und kleine oder große Skandale.

»Ja, er sprach von Drehbüchern, die ihm nicht gefielen. Es sollte ein genereller Genrewechsel stattfinden. Bisher produzierte *La Lumière* hauptsächlich Dramen und Kriminalgeschichten. Nun sollten Action- und Abenteuerfilme dazukommen. Zudem Italowestern und Komödien.«

Lucie verstand. Sie bemühte sich, mögliche Konsequenzen zu formulieren.

»Das hört sich so an, als ob mehr der breite Massengeschmack angesprochen werden sollte? Liege ich da richtig?«

Madame Carriere zuckte mit den Schultern.

»Kann sein. Mein Mann unterstützte diese Entwicklung jedenfalls nicht. Das war eindeutig. Er sprach sogar von Verrat an der Sache. Als Mitgründer der Firma gingen ihm diese Veränderungen wohl in die falsche Richtung.«

»Er hätte aussteigen können«, folgerte die *Commissaire*.

»Pah! Nie und nimmer! Neben der Schauspielerei war die Filmgesellschaft seine Passion, sein Lebensinhalt. Erst dann kam ich. So fühlte es sich die ganzen Jahre an.«

Eine weitere Frage drängte sich Lucie auf.

»Haben Sie Pietro Mauro jemals kennengelernt? Mich würde interessieren, was für ein Typ er ist?«

Mathilde Carriere musste nicht lange überlegen. Es platzte aus ihr heraus:

»Ein aalglatter, skrupelloser Geschäftsmann. Klein. Zigarrenraucher. Elegant gekleidet. Man begegnet ihm nie allein. Er hat immer seine Männer um sich herum. Zwielichtige Gestalten. Mich würde nicht wundern, wenn er der Mafia angehörte.«

Jetzt machte es den Anschein, als ob *Madame* Carriere doch einen Verdacht bezüglich des Mörders ihres Mannes hegte. Lucie war zufrieden, nachgefragt zu haben.

»Wissen Sie, wo er in Italien lebt?«

»Soweit ich weiß, in Rom. René war in den letzten Jahren oft dort. Früher fanden die Gesellschaftertreffen hier in *Cannes* statt. Seit dem Einstieg von Pietro Mauro nur noch in Rom.«

Nun musste Lucie zum unangenehmen Teil ihres gemeinsamen Frühstücks kommen. Zuvor zündete sie sich eine *Gitanes* an. Sie blies den ersten Rauch hinter sich. Dann beugte sie sich ein Stück über den Tisch zu *Madame* Carriere, um eine vertrauliche Atmosphäre zu erzeugen.

»Bei einem Mordverdacht ...«, weiter kam sie nicht.

»... wird der Leichnam obduziert«, ergänzte Mathilde Carriere von sich aus. »Das ist mir klar. Ich begrüße es sogar.«

Lucie reagierte zufrieden. *Madame* Carrieres Haltung erleichterte ihre Arbeit. So konnte sie mithilfe eines Gerichtsmediziners die Todesursache erfahren und möglichen Hinweisen nachgehen.

»*Merci.* Sehr vernünftig. Ihr Mann wurde bereits bestattet? Wir benötigen Ihr Einverständnis, ihn zu exhumieren.«

Die Emotionen überwältigten Mathilde Carriere nun doch. Sie fing zu schluchzen an. Zog ein Taschentuch aus ihrem Hosenanzug hervor und tupfte damit Tränen weg.

»Er liegt hier in *Cannes* auf dem Hauptfriedhof begraben. Das Grab hat noch keinen Stein. Ich kann Ihnen die Sterbeurkunde zukommen lassen. Leben Sie in *Cannes, Commissaire?* Dann kennen Sie sich mit den Behörden sicher aus. Ich kann Ihnen sagen, die machen einem das Sterben nicht leicht.«

Lucie fiel erst jetzt auf, dass sie *Madame* Carriere nicht erklärt hatte, dass sie aus *Fréjus* kam und sich nicht in ihrem Einsatzbereich aufhielt. Sie holte es sogleich nach. Die Reaktion von Mathilde Carriere war eindeutig.

»Bitte nehmen Sie sich trotzdem der Aufklärung des Mordes an meinem Mann an. Ich vertraue Ihnen. Sie haben das Herz am rechten Fleck. Außerdem fühle ich mich von einer Frau besser vertreten. Die männlichen Polizisten sind so gefühlskalt. Den Kerlen fehlen die Sensibilität und die Leidenschaft. Ist es nicht so?«

Fast hätte Lucie spontan ja gesagt. Doch sie blieb diplomatisch.

»Es gibt solche und solche. Aber ich werde mich bemühen, eine Sondergenehmigung zu erhalten, um in der Stadt offiziell ermitteln zu dürfen. Wahrscheinlich muss ich mit einem Kollegen aus *Cannes* zusammenarbeiten. Sie verstehen.«

Madame Carriere legte ihre Hand auf die der *Commissaire*. Sie sah ihr dabei in die Augen.

»Ich kann mich auf Sie verlassen? Mir liegt viel daran. Ich will die Wahrheit erfahren, auch wenn sie schmerzhaft sein könnte. All die Jahre mit René. Ich habe ihn trotz seiner Fehler und Eigenarten geliebt.«

Lucie wollte nicht zu viel versprechen. Sie blieb zurückhaltend.

»Ich werde sehen, was ich erreichen kann. Auf jeden Fall melde ich mich bei Ihnen, wenn ich die Erlaubnis für die Exhumierung Ihres Mannes erhalten habe. Einverstanden?«

Madame Carrieres Tränen waren getrocknet. Sie saß wieder aufrecht und blickte Lucie direkt an.

»Sie glauben nicht, wie dankbar ich Ihnen bin. Was für ein Glück, dass wir uns im Kino getroffen haben. Es war Schicksal.«

Lucie erhob sich. Sie hatte einiges vor, um die notwendigen Schritte einzuleiten.

»Wie gesagt, ich melde mich. Ah! Ihre Adresse. Die bräuchte ich noch.«

Mathilde Carriere reichte ihr eine elegant gestaltete Visitenkarte.

»*Voilà*. Hier steht alles drauf. Ich lebe in *Mougins*. Der Ort ist Ihnen sicher ein Begriff. Ruhig und in guter Nachbarschaft zu *Cannes*. Rufen Sie bitte, falls Sie mich besuchen wollen, vorher an. Ich habe einige gesellschaftliche Verpflichtungen. Deshalb bin ich oft unterwegs.«

Die Verabschiedung war förmlich. Um keine Zeit zu verlieren, ließ sich die *Commissaire* ein Gespräch mit Sebastian Cassel in eine der Telefonkabinen im Foyer des Hotels legen. Sie wollte wissen, ob ihr Chef für sie aktiv gewesen war.

»*Salut Sebastian!* Wie sieht es aus? Konntest du ...?«

Lucie kam gleich zur Sache. Für Smalltalk war sie nicht in Stimmung. Ihr Chef kannte seine Mitarbeiterin genau. Er ging, ohne zu zögern, auf sie ein.

»Für gewöhnlich halte ich meine Versprechen. Charles Dalmasso, der *Directeur de la Police Alpes-Maritimes,* ist einverstanden mit deinem Einsatz. Du bekommst einen jungen *Commissaire* an deine Seite gestellt. Sein Name ist Marc Pianetti. Ich gebe dir seine Telefonnummer. Bitte melde dich gleich bei ihm, damit ihr euch verabredet. Er kann dich sicherlich in allen organisatorischen Dingen unterstützen. Er wartet auf deine Reaktion. Bist du noch dran?«

Lucie, die in der geschlossenen Telefonzelle stand, beobachtete Mathilde Carriere im Foyer, wie sie von einem elegant gekleideten Mann mit Küsschen begrüßt wurde. Die beiden schienen sich nahezustehen. Er legte seinen Arm um sie. Dann verließen sie das *Carlton* durch den Hauptausgang. *War das ihr Geliebter?,* fragte sie sich.

»Äh, ja. Ich bin noch am Apparat. Wurde nur etwas abgelenkt.«

»Hast du Stift und Papier?«

Er gab ihr die Durchwahl des *Commissaires* in der Polizeizentrale von *Cannes* durch. Sie notierte sie auf ihre Handinnenfläche.

»Was gedenkst du zu unternehmen? Hast du mit der Gattin von René Carriere sprechen können?«

»*Bien sûr.* Sie war sehr mitteilsam. Sie vermutet Feindschaften innerhalb der Produktionsfirma *La Lumière,* an der Carriere Anteile hielt. Sie hat mir den Namen eines italienischen Investors genannt. Pietro Mauro.«

Ihr Chef räusperte sich trocken. Er war starker Zigarilloraucher. Ständig hatte er eine belegte Stimme und es quälten ihn Hustenanfälle.

»Da hast du die perfekte Aufgabe für deinen neuen Mitarbeiter. Er soll Recherchen über die Firma und ihre Teilhaber anstellen.«

Natürlich wusste Lucie selbst, was sie zu tun hatte. Doch sie bedankte sich bei Sebastian für seine gut gemeinten Ratschläge.

»Das werde ich gleich in Angriff nehmen. Den Leichnam lasse ich exhumieren. Vielleicht finden wir heraus, ob der Schauspieler tatsächlich einen Herzinfarkt hatte oder an etwas anderem gestorben ist.«

»Das wäre hilfreich.« Er paffte und schwieg.

Lucie wartete noch einen Moment. Anscheinend war das Gespräch für ihn beendet.

»Danke für deine Unterstützung, Sebastian. Ich rufe den Kollegen gleich an. Um eine Unterkunft für die nächsten Tage muss ich mich auch noch kümmern.«

In Gedanken addierte sie, dass sie unbedingt Patric anrufen wollte. Er sollte mittlerweile aufgestanden sein. Imani, ihrem Kindermädchen hatte sie schon Bescheid gegeben, dass sie eine Weile in *Cannes* bleiben würde. Auf die Kenianerin war Verlass. Sie kümmerte sich rührend um Aude und Sophie. Ihr Mann erwartete eine Erklärung wegen ihres ungeplanten Sondereinsatzes. Er war seit ihren Eskapaden in letzter Zeit dünnhäutig, was ihren Einsatz als *Commissaire* anging.

Sebastian gab ihr dann doch noch einen Rat.

»Such dir am besten eine kleine Pension. Die Hotels an der *Croisette* sind alle horrend teuer.«

Da kam der Sparfuchs durch. Lucie war klar, dass sie nicht weiter im *Majestic* nächtigen konnte. Ein Zimmer kostete hier am Tag so viel wie die Monatsmiete für eine kleine Wohnung in *Fréjus*.

»Auch das werde ich erledigen. Du kennst mich, ich werde mich gleich in den Fall stürzen.«

»Nun, ich halte dich nicht davon ab. Bitte denke an den wöchentlichen Bericht. Nicht nur für mich, sondern auch für unsere Präfektin Gisele Mailard.«

Lucie wollte sich nicht unnötig unter Druck setzen lassen. Sie erklärte:

»Heute ist Dienstag. Am Freitag, den 8. September, hast du meinen Report auf deinem Tisch. Versprochen.«

Sie hörte sein typisch raues Lachen.

»Du bist klasse, Lucie. Lass dich von mir nicht stressen.«

»Was denkst du? Ich bin die Ruhe selbst.«

»Dann bleibt mir nur noch dir *bonne Chance* zu wünschen.«

»Das kann ich gut gebrauchen. Ich melde mich, wenn ich Unterstützung benötige.«

»Mach das. *À bientôt.*«

Er legte auf.

Lucie nutzte gleich die Gelegenheit, um ihren neuen Kollegen Marc Pianetti anzurufen.

Er meldete sich nach dreimaligem Klingeln.

»Sie sprechen mit Marc Pianetti.« Sie vernahm eine ungewohnt hohe Stimme, die eher wie die einer Frau klang. Sie wirkte sympathisch und freundlich. Lucie stimmte gleich mit ein und säuselte:

»*Commissaire* Lucie Girard aus *Fréjus*. Haben Sie schon vernommen, dass wir zusammen arbeiten dürfen?«

Das war klar und deutlich. Es entstand eine längere Pause. Währenddessen hörte sie das geschäftige Treiben in der Polizeizentrale. Zwischendrin schien ihr Gesprächspartner die Sprechmuschel zuzuhalten, denn die folgenden Laute drangen gedämpft an ihr Ohr. Trotzdem hörte sie ihn sagen:

»Da ist eine Frau am Telefon, die behauptet, eine *Commissaire* aus *Fréjus* zu sein und mit mir zusammen arbeiten zu wollen. Hast du da was mitbekommen, Thierry?«

Die Antwort des Kollegen hörte Lucie nicht. Dafür die Reaktion *Commissaire* Pianettis:

»Da bin ich wieder! Entschuldigen Sie. Ich musste mich erst vergewissern. Da könnte ja jeder anrufen und behaupten, er sei bei der Polizei. Aber es stimmt. Ich darf Sie unterstützen.«

Lucie jubelte innerlich. Sebastian hatte ganze Arbeit geleistet. Sie war der Boss. Und hatte einen neuen Mitarbeiter gewonnen. Sie ließ sich ihre Freude und Erleichterung nicht anmerken.

»Wie wäre es, wenn wir uns an einem neutralen Ort treffen. Ich muss mir noch ein Hotel für die nächsten Tage suchen. Vielleicht haben Sie ja eine Empfehlung für mich? Es sollte nicht zu teuer sein. Aber zentral gelegen.«

In ihrer Vorstellung sah sie einen jungen oder jung gebliebenen schmächtigen Mann vor sich, der gepflegt aussah und gute Manieren hatte. Das erhoffte sie sich jedenfalls.

»Da haben Sie Glück. Meine Eltern führen ein beliebtes, gutbürgerliches Hotel in der Nähe der Altstadt von *Cannes*. Es heißt *Hôtel des Orangers*. Zentral gelegen. Am alten Hafen lassen Sie die Kirche auf dem Hügel links liegen und gehen die kleine Gasse mit den vielen Restaurants hinauf. An deren Ende überqueren Sie die breite Straße und stoßen direkt auf das Hotel. Ich rufe für Sie an und gebe am Empfang Bescheid, dass Sie eine Kollegin von mir sind und ein Zimmer benötigen.«

Das war ein gelungener Start mit dem Kollegen Pianetti! Lucie zeigte sich angetan.

»Sehr freundlich von Ihnen. Ich halte mich momentan im *Carlton* auf. Kann ich von hier aus laufen? Oh! Mein Gepäck ist noch im *Majestic!*«

Seine Stimme brachte ein Lächeln zum Ausdruck.

»Alles kein Problem. Ein Mitarbeiter des Hotels holt mit einer Vespa Ihre Tasche. Sie können vom *Carlton* aus in Richtung Busbahnhof laufen. Der befindet sich am alten Hafen. Es ist nicht weit. Direkt gegenüber geht die von mir beschriebene Gasse den Berg hinauf. Nach circa zwanzig Minuten Fußmarsch sollten sie im Hotel eintreffen. Aber lassen Sie sich Zeit. *Cannes* ist immer einen Stadtbummel wert. Wenn Sie nicht am Meer entlanggehen, sondern durch die Fußgängerzone laufen, gibt es einige nette Geschäfte zu entdecken.«

An ihrem Kollegen war ein Stadtführer verloren gegangen. Lucie gefiel er.

»*Merci*. Aber ich gehe ohne Umwege ins *Hôtel des Orangers*. Können wir uns dort ... sagen wir mal ... in einer Stunde treffen?«

»*Avec plaisir!* Ich erwarte Sie am Empfang. Dort gibt es eine gemütliche Sitzgruppe. Wir können uns nicht verfehlen.

Ich trage einen hellbeigen Anzug und habe kurze schwarze Haare. Für gewöhnlich habe ich eine *Ray Ban*-Sonnenbrille auf der Nase. Und Sie, *Madame la Commissaire?*«

Ihr neuer Kollege war an Galanterie kaum zu übertreffen. Lucie stimmte mit ein.

»Für gewöhnlich trage ich einen beigen Hosenanzug. Dazu eine weiße Bluse und flache *Tropéziennes*-Sandalen. Ich habe lange brünette Haare und auch ich liebe meine *Ray Ban*-Sonnenbrille. Ansonsten rauche ich leidenschaftlich gerne filterlose *Gitanes*.«

Dieses Mal vernahm sie sein befreites Lachen deutlich. Er taute immer mehr auf.

»Ich bin kein Raucher. Aber als Kind durfte ich die blauen *Gitanes*-Packungen für meinen Opa im Tabakladen kaufen. Mann, war ich stolz! Als Dankeschön bekam ich einen Schokokeks. Mit dem Rauchen habe ich mich nie anfreunden können. Nur den Kaugummis, denen bin ich verfallen.«

Lucies Laune wurde immer besser. Sie war gespannt auf die Kooperation mit Marc Pianetti. Sie war total froh, keinen der vielen Miesepeter bei der Polizei erwischt zu haben. Ihre positive Erwartung zeigte sie, indem sie sagte:

»Dann hat jeder von uns ein Laster. Wissen Sie was, Marc? Ich freue mich auf unsere Zusammenarbeit. Wir sehen uns in einer Stunde im *Orangers*. Der Fall kann nicht warten. Übrigens, das Opfer ist ein berühmter Schauspieler. Vielleicht haben sie schon von ihm gehört. Es handelt sich um René Carriere. Er hat fast ausschließlich den Detektiv Fabrice Petit gespielt.«

Ein freudig erregtes Jauchzen war zu hören.

»Nein! Das darf doch nicht wahr sein! Ich habe alle seine Filme gesehen. Schon als Kind bin ich mit meinen Eltern ins

Kino gegangen. Lassen Sie mich überlegen. Es gibt insgesamt einundzwanzig Petit-Fälle. Und Sie sind sich sicher, dass er ermordet wurde?«

»Seine Frau behauptet es. Ich komme gerade von einer Unterredung mit ihr.«

»Das klingt nach einer spannenden Aufgabe, die mich fordert. Ich beeile mich. Oh, wie genial! Mein erster Mordfall! Und dann gleich ein prominentes Opfer! *Mon Dieu!* Habe ich ein Glück!«, jauchzte er.

Lucie bremste seine Euphorie.

»Warten wir es ab. So ein Fall ist harte Arbeit.«

»Davor schrecke ich nicht zurück. Ich bin durch eine strenge Schule gegangen. Man nennt mich auch den Schreibtisch-Ermittler. Meine Recherchen sind legendär!«

»Da bin ich mal gespannt. Nun gut. Wir sehen uns gleich.«

Sie hörte ein zufriedenes Glucksen im Hörer.

»*Madame la Commissaire*. Es wird mir eine Ehre sein, Sie zu unterstützen!«

»Jetzt übertreiben Sie.«

»Ich neige dazu. Bis gleich.«

Sie legten auf.

Lucies Ohr war ganz heiß. Ihr neuer Kollege war supernett. Aber auch anstrengend, wie sie vermutete. Trotzdem war sie voll positiver Erwartung und Energie. Bestens gelaunt wollte sie sich auf den Weg in Richtung des alten Hafens machen. Sie öffnete die Tür der mittlerweile stickigen Kabine, da fiel ihr ein, dass sie vorgehabt hatte, Patric anzurufen. Sie sah auf ihre Armbanduhr. Es war bereits nach 11:00 Uhr. Ein idealer Zeitpunkt, ihn in der *Auberge* zu erreichen. Noch waren die Mittagsgäste nicht eingetroffen.

Es wurde ein kurzes Telefonat. Ihr Mann hatte zu tun, denn eine Weinlieferung vom *Château Bernaise* musste ausgeladen und eingeräumt werden. Patric packte immer selbst mit an. Er überprüfte die Liefermenge genau. Oft kam es vor, dass ganze Kisten fehlten. Eine Frage konnte er sich aber nicht verkneifen:

»Wieso schon wieder du? Gibt es in *Cannes* keine erfahrenen *Commissaires?*«

Lucie antwortete ihm ehrlich:

»Ich fühle mich seiner Frau verpflichtet. Wir saßen bei der Filmvorführung nebeneinander und ich habe sie hinausbegleitet. Sie bat mich um Unterstützung.« Das war zugegebenermaßen etwas übertrieben. Doch sie wollte sich auf keine langen Diskussionen einlassen.

»Hast du ein Hotel?«, wollte er noch wissen.

Lucie antwortete ihm wahrheitsgemäß und erwähnte auch den Kollegen, mit dem sie zusammenarbeiten würde.

Zum Schluss wünschte Patric ihr mit leicht pikiertem Unterton:

»Na dann wünsche ich viel Erfolg. *Cannes* soll ja ein elitäres Pflaster sein.«

»Das ist *Saint-Tropez* auch«, entgegnete Lucie.

Patric konnte sich nicht verkneifen, darauf einzugehen:

»Dann wirst du dich dort sicher heimisch fühlen.«

Sie hatte genug, beendete das Telefonat.

»Lass uns damit aufhören. Ich melde mich, wenn ich mit dem Fall durch bin. Ubrigens, Imani ist informiert. Sie kümmert sich wie gewohnt um die Mädchen.«

Patric brummte etwas, das Lucie nicht verstand.

»*Jusqu'alors, chérie.* Bis dann Schatz ...«

Er hatte sie noch nie Schatz genannt.

»Falls du mir eine Nachricht hinterlassen willst. Ich wohne im *Hôtel des Orangers*. 0493399992 ist die Nummer.«

Wieder ein Brummen.

»Bis bald.«

Sie legte auf.

Er hatte nicht gerade begeistert geklungen. Lucie stellte in letzter Zeit fest, dass ihr Mann mit unerwarteten Ereignissen nur schwer zurechtkam. Sein Berufsleben ging einen steten Gang. Ein Restaurant zu führen war eine arbeitsreiche Aufgabe, die dem immer gleichen Ablauf folgte. Er liebte das. Ihr Beruf war unberechenbar. Morde ereigneten sich nicht nach festen Regeln und Uhrzeiten. Einen Fall aufzuklären, bedeutete 100% geistiges und körperliches Engagement, ohne auf die Uhr zu achten. Da blieb so gut wie keine Luft für Familie und Ehemann. Im Grunde wusste Patric das. Doch er würde es nie voll und ganz akzeptieren. Mit Bemerkungen und Launen hielt er dagegen. Lucie war daran gewöhnt. In Momenten wie diesen belastete es sie.

Mit einer druckvollen Handbewegung stieß sie die Tür der Telefon-Kabine auf. Dabei traf sie einen Mann in einem glänzend schwarzen Anzug. Er drehte sich verärgert zu ihr um und schimpfte auf Italienisch:

»*Non puoi prestare attenzione?* Können Sie nicht aufpassen?«

Sie sah in das verärgerte Gesicht eines hageren Mannes mit exakter Gelfrisur und Zigarre im Mund. Seine mandelbraunen Augen funkelten sie an.

»Es tut mir leid. Ich habe Sie nicht gesehen«, antwortete sie, ohne groß zu überlegen.

Zuerst hatte er den Größenunterschied zwischen ihm und ihr nicht bemerkt. Doch nun sah er an ihr hoch.

»Ich bin es nicht gewohnt, übersehen zu werden«, stellte er mit italienischem Akzent fest.

Lucie konnte nicht anders, sie musste auf seine hochnäsige Bemerkung reagieren.

»Dann gehören Sie zu den Menschen, die Anerkennung nötig haben.«

Er zog eine Grimasse und ließ ein Zischen hören. Dann griff er in die Innentasche seines Sakkos, zog eine lacklederne Brieftasche heraus und gab Lucie eine Visitenkarte.

Sie las den in Schnörkelschrift gedruckten Namen und Titel laut vor:

»Pietro Mauro. Investor.« Lucie bemühte sich, keine Reaktion zu zeigen. Sie wusste, mit wem sie es zu tun hatte. Bewusst neutral fragte sie:

»Worin investieren Sie denn, *Monsieur* Mauro? Wenn ich mir die Frage erlauben darf?«

Ihr Interesse schien ihm zu gefallen. Seine Mimik wurde freundlicher.

»Ich bin im Filmgeschäft. Aktuell wird in *Cannes* eine Produktion von uns gezeigt. Wir verkaufen unsere Filme in alle Welt. Ich kümmere mich um die Vermarktung. Die Verträge. Sind Sie auch im Filmbusiness tätig? Hier im *Carlton* wimmelt es nur so von Filmleuten.«

Lucie musste gezwungenermaßen Farbe bekennen. Sie spielte ihre berufliche Tätigkeit und Position jedoch bewusst herunter.

»Schön wäre es. Nein. Ich bin Polizistin aus *Fréjus*. Mein Name ist Lucie Girard.«

»Oh! Eine Polizistin? Ich habe sie für eine Schauspielerin oder ein Model gehalten. Bei Ihrem Aussehen!«, schmeichelte er ihr.

»*Merci*. Das ist nicht ungewöhnlich, dass die Leute mich so einschätzen.«

Lucie wollte die zufällige Begegnung nicht überstrapazieren. Sie fand ein Ende, indem sie ankündigte:

»Ich muss los. Eine Verabredung. Sie verstehen.«

Er lächelte aufgesetzt.

»Vielleicht laufen wir uns mal wieder über den Weg. Oder sie rempeln mich an.«

Dieser Vorlage konnte die *Commissaire* nicht widerstehen.

»Das könnte durchaus passieren. Ich bin noch eine Weile in der Stadt.«

Er ging zwei Schritte zurück und hob die Hand zum Abschied.

»Man sieht sich, *Madame* Girard. Oder sollte ich lieber *Commissaire* Girard sagen?«

Jetzt hatte er sie tatsächlich überrascht. Pietro Mauro kannte sie. Sie war vorgewarnt. Der Mann war nicht zu unterschätzen.

»Das dürfen Sie gerne«, kam ihre beherrschte Reaktion.

Er lächelte noch einmal. Dann drehte er sich um und verschwand in einer Gruppe ankommender Gäste.

Lucie sagte sich:

Pietro Mauro. Dich werde ich ganz genau durchleuchten.

Wie mit Sebastian Cassel besprochen, war dies eine der ersten Aufgaben für ihren neuen Kollegen Marc Pianetti. Ihr Weg führte sie direkt zu ihm. Er erwartete sie im Hotel seiner Eltern mit positiven Nachrichten.

Chapitre trois

Ein halbes Jahr zuvor. Rom, Sitzungssaal der Produktionsgesellschaft La Lumière

René Carriere hatte sich aus dem bequemen Ledersessel erhoben. Wild gestikulierend ging er die Sitzungsteilnehmer an:

»Was denken Sie sich eigentlich? Sie sind dabei, unseren Ruf, den wir über Jahrzehnte aufgebaut haben, zu zerstören. Was glauben Sie, warum wir internationale Filmpreise gewonnen haben und die besten Regisseure Schlange stehen, um ein Filmprojekt von uns zu übernehmen? Sicher nicht, weil wir Massenware für den Durchschnittskinogänger produziert haben. Unsere Filme haben Niveau. Warum sonst haben unsere Produktionen vier Oscars und zwei goldene Palmen gewonnen? *La Lumière* hat einen fabelhaften Ruf. Das ist dem Anspruch und dem Engagement aller Beteiligten zu verdanken. Aber sicherlich auch einer rigiden Auswahl der Filmprojekte, die in diesem Führungskreis nominiert wurden. Ich sehe nicht ein, warum wir unser Renommee aufs Spiel setzen sollten, meine Herren.«

An dem polierten Holztisch saßen neben René Carriere fünf weitere Teilhaber. Einige sahen angesichts der anklagenden Worte betroffen nach unten. Sie vermieden es, ihrem Kollegen in die Augen zu sehen. Eine Person jedoch fixierte den Schauspieler mit stechendem Blick. Er führte seine qualmende *Cohiba* zum Mund, sog daran, blies den Rauch aus und reagierte in bewusst leisem, aber nüchternem

Ton auf den verbalen Angriff, der hauptsächlich ihm gegolten hatte.

»*Monsieur* Carriere, Sie scheinen sich nicht im Klaren zu sein, wer das Gros der Anteile an *La Lumière* hält. Ich erkläre es Ihnen ein letztes Mal. 49% sind in meinem Besitz. Pietro Mauro. Ihr lächerlicher Anteil von gerade einmal 5% ermächtigt sie in keiner Weise, über die strategische Ausrichtung der Produktionsfirma zu bestimmen. Im Übrigen unterstützen drei weitere Mitinhaber die Neuausrichtung. In nackten Zahlen ausgedrückt sind das 81% von *La Lumière*. Gewöhnen Sie sich also daran, dass die nächsten drei Filmprojekte für das breite Publikum vorgesehen sind. Sie werden, das kann ich Ihnen schon jetzt sagen, mehr Geld einspielen als alle Filme zusammen, die in den letzten zwei Jahren produziert wurden. Habe ich mich klar ausgedrückt?«

Der Angesprochene kochte innerlich und starrte schmallippig vor sich hin. Er war, wie es den Anschein hatte, nicht gewillt, die Ansage des Haupteigners zu respektieren, geschweige denn ihr zu folgen. Sein Sitznachbar, Serge Baldecchi, Vertreter einer angesehenen französischen Privatbank, bemühte sich, zu vermitteln.

»Meine Herren, können wir nicht beides tun? Ich denke, keiner von uns hat etwas dagegen, wenn *La Lumière* nach verlustreichen Jahren endlich profitabel wird. Die von *Monsieur* Mauro angesprochenen Filme werden sicherlich maßgeblich dazu beitragen. Italowestern, Komödien und Actionfilme laufen überall in Europa hervorragend. Aber ... wir sollten auch den anspruchsvollen Cineasten etwas bieten. Warum also nicht den einen oder anderen Autorenfilm produzieren und die Krimis mit Fabrice Petit fortsetzen. Ich denke, wir sind es unserem treuen Publikum schuldig.«

Pietro Mauro hielt es nicht mehr in seinem Sessel. Er sprang auf, lehnte sich über den Tisch und redete mit feuchter Aussprache lautstark auf die Anwesenden ein.

»Gerade Sie, *Monsieur* Baldecchi, müssten wissen, dass diese Haltung unsere ersten Gewinne schmälern wird. Wenn ihre ach so hoch gelobten Autorenfilme in die Kinos kommen, haben sie bereits ein so großes Loch in unsere Kasse gerissen, dass sie es kaum aufholen werden. Sie wissen ganz genau, dass jene Filme nicht in den Erstaufführungskinos gezeigt werden. Sie laufen in kleinen Theatern mit wenigen Zuschauern. Rechnen Sie es selbst nach. Sie sind Banker und müssten es wissen. Mit dieser Strategie kommen wir nicht aus den roten Zahlen. Verdammt nochmal! Von den Trophäen, die hinter mir verstauben, können wir unsere Schulden nicht bezahlen! Im Übrigen ist die letzte Auszeichnung über drei Jahre her.«

Es herrschte betretenes Schweigen im Raum. Im Grunde war alles gesagt. Die Positionen schienen unvereinbar. Anspruch versus Profit. Autorenfilme versus Popcornkino. *Cannes* versus Kasse. Carriere versus Mauro. Für fast alle war klar, wer das Sagen hatte.

René Carriere startete einen letzten Versuch. Zuvor wischte er sich mit einem Taschentuch die Schweißperlen von der Stirn und tupfte sich mit demselben über den Mund. Sein übergewichtiger Körper machte ihm zu schaffen. Er transpirierte und das Atmen fiel ihm schwer. Er versuchte, erneut aufzustehen, doch die Schwerkraft drückte ihn zurück in den Ledersessel. Japsend durchbrach er mit zitternder Stimme die Stille im Raum.

»Lassen Sie mich nicht als René Carriere zu Ihnen sprechen, sondern als der allseits beliebte Detektiv Fabrice

Petit. Generationen von Kinogängern sind ihm seit zwei Jahrzehnten treu. Einundzwanzig Filme sind bisher erschienen. Jedes Jahr einer. Die Menschen warten auf jeden neuen Fall. Sie sehnen ihn förmlich herbei. Ich flehe Sie an, lassen Sie Petit nicht sterben. Er gehört zu Frankreich wie Miss Marple zu England.«

Er richtete sein Wort direkt an Pietro Mauro.

»Und Ihnen sage ich: Petit war nie ein Verlustbringer. Er hat regelmäßig wenigstens die Produktionskosten eingespielt.«

Carriere sah sich nach seinem Plädoyer hilfesuchend im Raum um. Nur zwei der Anwesenden nickten ihm aufmunternd zu.

Während der Schauspieler gesprochen hatte, paffte *Monsieur* Mauro genüsslich und mit gespieltem Desinteresse an seiner *Cohiba*. Er hatte Carriere dort, wo er ihn haben wollte – als Bittsteller. Mit einem süffisanten Lächeln antwortete er:

»Meinetwegen. Spielen Sie weiter den langweiligen, aus der Zeit gefallenen Detektiv. Eine Bedingung habe ich jedoch. Damit die Serie Sie überlebt, sozusagen als Investition in die Zukunft, bekommen Sie einen jungen dynamischen Assistenten an die Seite gestellt. Er wird Ihnen und dem Film neue Impulse geben. James Bond geht auch mit der Zeit. Die Serie ist nicht bei *Dr. No* stehengeblieben. Im aktuellen Abenteuer fliegt Roger Moore ins All!«

Marc Pianetti gefiel sich selbst. Er lachte laut und lang. Dabei sah er die am Tisch Sitzenden herausfordernd an. Einer nach dem anderen stimmte in sein schallendes Lachen mit ein. Nur René Carriere war nicht danach zumute. Er ahnte, auf was er sich da eingelassen hatte. Die Zeiten, in denen er am Set das Sagen hatte, waren endgültig vorbei. Er war nicht mehr der unantastbare Star. Wahrhaben wollte er das zu diesem Zeitpunkt aber nicht.

Ein neuer Mann hatte das Sagen. Pietro Mauro. Seine Motivation war es, mit *La Lumière* die führende Filmproduktion Europas zu schaffen. Er wollte wie einst die Filmmogule in Hollywood uneingeschränkter Herrscher sein und alles bestimmen: Filmauswahl, Budget, Produktion, Regie, Stars, Stab und Vermarktung. Er stand kurz vor der Realisierung seines Vorhabens. An Selbstbewusstsein und Geld mangelte es ihm nicht.

Chapitre quatre

Hôtel des Orangers, zur Mittagszeit am 5. September 1978

Lucie erwartete Marc Pianetti im Eingangsbereich des familiär geführten Hotels auf einer bequemen Couch sitzend. Sie war von seiner Mutter, die als Rezeptionistin arbeitete, herzlich empfangen worden. Ihr Kollege hatte Wort gehalten und ihr Kommen bei *Madame* Pianetti angemeldet. Ihr Gepäck war bereits abgeholt worden und wartete in ihrem Zimmer auf sie. Da Lucie nur wenig auszupacken hatte, hielt sie sich nicht lange in dem kleinen, aber gemütlich eingerichteten Hotelzimmer auf.

Ihre *Gitanes* qualmte im Aschenbecher, als sie einen schlaksigen jungen Mann Anfang dreißig mit breitem Grinsen hereinkommen sah. Er blieb direkt vor ihr stehen und streckte seinen Arm aus, woraufhin Lucie sich erhob und sie sich händeschüttelnd gegenüberstanden.

Der junge Polizist redete gleich drauflos. Dabei fiel ihr erneut seine hohe Stimme auf:

»Marc Pianetti. *Bonjour!* Da bin ich, *Madame la Commissaire* Girard. Sie sind aber groß! Ich habe italienische Wurzeln und leider auch die Statur eines Süditalieners. 1,69 Meter. Danach war Schluss.«

Lucie lächelte ihn an.

»Dafür haben Sie pechschwarze Haare und einen gesunden Teint. Wo kommt Ihre Familie ursprünglich her?«

»Aus *Palermo, Sizilien*. Dort führen wir seit mehreren Generationen ein Hotel. Heute besitzt es der Bruder meiner Mutter. Ich habe einen anderen Weg eingeschlagen. Die Polizeiarbeit hat es mir angetan. Und Sie? Sie kommen aus *Fréjus*, wie ich gehört habe. Die meisten Ihrer Fälle haben Sie in *Saint-Tropez* gelöst. Mit Bravour. Das erzählt man sich ...«

Noch immer standen sie sich gegenüber.

»Wollen wir uns nicht setzen?«, schlug er vor. »Ich kann meine Mutter bitten, uns einen *Espresso* zuzubereiten. Wir haben eine original italienische Siebträgermaschine an der Bar. Wie wäre es?«

Lucie war angetan.

»Dazu sage ich nicht nein. Ich liebe das Crema eines guten *Espressos*.«

Marc Pianetti schob seine Sonnenbrille in seine dichten welligen Haare. Dunkelbraune Augen sahen Lucie funkelnd an. Er redete weiter.

»Einige Kollegen sind neidisch, dass ich Ihnen zugeteilt wurde. Ich hatte Glück, da ich momentan in keinem Fall stecke. So kann ich mich voll und ganz Ihrer Aufgabe widmen.«

Lucie war von Marc Pianetti angetan. Deshalb schlug sie spontan vor:

»Das hört sich gut an. Wie wäre es, wenn wir uns duzen. Ich bin das so gewohnt unter Kollegen.«

»Gerne. Ich bin Marc. Darf ich dich Lucie nennen?«

»Das ist mein Vorname. Einen anderen habe ich nicht«, gestand die *Commissaire* lächelnd.

»Jetzt hole ich erst mal den *Espresso*. Dann reden wir über den Fall. Einverstanden?«

Marc war nicht auf den Mund gefallen. Das war offenkundig. Er zeigte und lebte sein italienisches Temperament, was ansteckend wirkte.

»Aber ja. Wir sollten keine Zeit verlieren.«

Der *Espresso* schmeckte vorzüglich. Lucie gönnte sich ausnahmsweise zwei Stück Zucker. Nachdem sie die Tasse abgesetzt hatte, legte sie mit einer ersten Einweisung los.

»Also, hör gut zu. Und übrigens, beim nächsten Mal bring bitte einen Notizblock mit. Ich gebe meine Anweisungen nur einmal. Mitschreiben ist da nützlich.«

Er grinste sie schief an.

»Ich habe ein gutes Gedächtnis. Aber warte einen Moment, ich hole mir Block und Bleistift. Wir haben das hier im Hotel vorrätig.«

Er sprang auf und erschien kurz darauf mit einem *Les Orangers*-Block und -Bleistift. Breitbeinig ließ er sich vor ihr auf einem der Sessel nieder.

»Bin bereit.«

Lucie empfand seine Anwesenheit als angenehm stimulierend. Sein jugendlicher Enthusiasmus inspirierte sie. Es war eine Weile her, seit sie solch positive Schwingungen in ihrem Berufsalltag wahrgenommen hatte.

»Zuallererst musst du dich um die Exhumierung von René Carriere kümmern. Wir wollen herausfinden, wie er aus dem Leben geschieden ist. Es kann sein, dass er eines natürlichen Todes gestorben ist. Offiziell wurde ein Herzinfarkt kommuniziert. Stimmt das, dann wären wir schnell fertig. Aber das glaube ich nicht. Seine Frau hat mir einige Hinweise gegeben. Demnach ist es durchaus möglich, dass man ihn loswerden wollte. Er war wohl ein unangenehm dominanter Charakter, der alles bestimmen wollte. Soweit ich informiert bin, ist ein Filmdreh Teamarbeit. Leute, die sich in den Vordergrund spielen und am Set Probleme machen, sind nicht gern gesehen.«

Während Lucie berichtete, kaute Marc permanent einen Kaugummi. Er schob ihn im Mund von rechts nach links. Dabei entstand ein schmatzendes Geräusch, was die *Commissaire* nach wenigen Sekunden störte. Als er das Teil auch noch zwischen die Zähne nahm, konnte sie sich eine Bemerkung nicht verkneifen.

»Marc, dein Kaugummi.«

»Was ist mit ihm?«

»Kannst du vielleicht etwas dezenter kauen?«

Er sah sie irritiert an.

»Dezenter? Wie soll das gehen?«

»Na ja, indem du deinen Mund geschlossen hältst und keine Schmatzlaute von dir gibst.«

Er runzelte die Stirn.

»Ich hab mir das so angewöhnt.«

Lucies Blick war eindeutig. Sie akzeptierte seine Erklärung nicht.

»Dann kannst du es dir auch wieder abgewöhnen. Nur solange wir miteinander reden. Am besten du nimmst ihn raus. So kommst du nicht in Versuchung.«

Marc sah nicht glücklich aus. Doch er stand auf und ging hinter die Empfangstheke. Dort entledigte er sich seines Kaugummis.

»*Merci*«, bedankte sie sich.

Er nickte. Sein Gesichtsausdruck wurde ernst.

»Eine Exhumierung. Das wird nicht leicht. Die Bürokratie in *Cannes* behindert unsere Arbeit. Wenn ich den offiziellen Weg wähle, dauert es Tage, bis wir ihn freibekommen.«

»Gibt es eine Abkürzung?«

Er verzog seinen Mund.

»Willst du es tatsächlich wissen?«

Sie schüttelte den Kopf und fragte:

»Italienische Verhältnisse?«

»Fast. Eine Hand wäscht die andere. Ich werde sehen, was ich erreichen kann. Kennst du einen kompetenten Gerichtsmediziner? Unser hier ist arg umständlich und anstrengend.«

Lucie wunderte sich nicht. Sie dachte an *Docteur* Honfleur in *Toulon*. Der war zwar nicht umständlich, aber umso nervtötender. Immerhin beherrschte er sein Handwerk. Sie schlug vor:

»Wir können den Leichnam nach *Toulon* überführen lassen. Ich kenne den Pathologen dort. Er ist auch nicht einfach. Aber ich komme mit ihm klar.«

Marc sah zufrieden aus.

»Das wäre von Vorteil. Carriere wird ausgebuddelt und direkt nach *Toulon* gefahren. Das bekommen die hier nicht groß mit. Besser so.«

»Wie du meinst. Ich verlasse mich auf dein Urteil. Wie gesagt, ich komme mit *Docteur* Honfleur klar. Er arbeitet schnell. Meinst du, der Leichnam kann morgen in *Toulon* eintreffen?«

Marc hob seine Hände abwehrend in die Höhe.

»Morgen? Normal wäre nächste Woche. Aber lass es mich probieren. Ich kann es nicht versprechen. Gibt es sonst noch etwas für mich zu tun?«

Lucie erinnerte sich an Sebastian Cassels Vorschlag und ihren unfreiwilligen Zusammenstoß mit Pietro Mauro.

»Bist du fix im Recherchieren? Dann hätte ich was für dich.«

Er rieb sich die Hände.

»Das haben wir in der Polizeiakademie gelernt. Ich habe Zugang zu allen möglichen Quellen, Behörden, Bibliotheken und Zeitungsarchiven.«

Lucie zündete sich eine *Gitanes* an und legte sich beruhigt zurück. Ihr neuer Partner schien ein Glücksgriff zu sein.

»Wunderbar! Deine Aufgabe ist schnell erklärt. Ich will alles über die Produktionsfirma wissen, bei der René Carriere Anteile hielt.«

»Du verrätst mir sicherlich den Namen.«

»*La Lumière*. Ursprünglich hatte sie ihren Sitz hier in *Cannes*. Seit dem Einstieg des neuen Teilhabers Pietro Mauro ist sie in Rom ansässig, soweit ich informiert bin. Und mit ihm beschäftigst du dich intensiv. Ich habe ihn gerade durch Zufall im *Carlton* getroffen. Er wirkt auf mich wie ein mit allen Wassern gewaschener Mafiosi.«

»*La Lumière,* Pietro Mauro und René Carriere. Ist notiert. Meine Italienischkenntnisse sind bei der Recherche sicher von Vorteil. Die Firma müsste in Rom im Handelsregister eingetragen sein.«

Lucie ergänzte:

»Und sieh auch in den Aufzeichnungen und Berichten zum internationalen *Cannes-Filmfestival* nach. Die Produktionsfirma muss an einigen goldenen Palmen und weiteren Preisen beteiligt gewesen sein. Vielleicht erfährst du darüber etwas über das Engagement René Carrieres. Selbstverständlich solltest du auch relevante Zeitungsmeldungen sammeln.«

Marcs Begeisterung legte sich. Er begriff, was er alles zu tun bekam.

»Das ist eine Menge. Ich will ehrlich zu dir sein, Lucie. Mit der Exhumierungserlaubnis bin ich erst einmal beschäftigt. Die Firmenrecherche ist anspruchsvoll. Und dann noch Pietro Mauro? Ich schätze, du siehst mich in einer Woche wieder, wenn ich das alles ordentlich erledigen soll. Das ist sicher nicht in deinem Sinn?«

Er hatte Recht, musste die *Commissaire* einsehen. Deshalb schlug sie vor:

»René Carriere übernehme ich. Ich knöpfe mir zuerst einmal seine direkten Kollegen von der Filmcrew vor, falls ich sie in *Cannes* antreffe.«

Marc dachte mit und fragte:

»Sie sind in einem Hotel abgestiegen, wie ich vermute?«

»Davon ist auszugehen.«

»Dann kann ich dir sofort weiterhelfen. Es gibt ein Melderegister bei der Stadt. Meine Mutter übermittelt jeden Tag die Namen und Adressen ihrer Gäste. Hast du eine Namensliste der Filmleute?«

Die *Commissaire* griff in ihre Umhängetasche und gab ihm die Zusammenstellung, die Sebastian Cassel am Abend der Filmpremiere vom Sicherheitschef erhalten hatte. Sie hielt Marcs kritischem Blick stand.

»Hm ... wir haben Namen und Funktion. Das Hotel, in dem sie untergekommen sind, ist nicht vermerkt. Dafür der Wohnort. Bist du damit einverstanden, dass sich meine Mutter darum kümmert? Sie kennt die Dame bei der Meldestelle und kann gleich anrufen.«

Marc schien kein Problem damit zu haben, seine Familie in Recherchen einzubinden. Lucie gab ihm ihr Einverständnis.

Die *Commissaire* musste unwillkürlich in diesem Moment an *Gendarm* Hugo in der *Gendarmerie* in *Saint-Tropez* denken. Sie schätzte ihn sehr und arbeitete gern mit ihm, doch Marcs unkonventionelle und ideenreiche Arbeitsweise war ihm fremd. Dazu war der *Gendarm* zu korrekt. Oder zu unflexibel? Wie auch immer. Der junge *Commissaire* war erfrischend quirlig. Bisher hatte er stets spontan eine Lösung parat gehabt.

»Dann gebe ich die Liste meiner Mutter. Sie telefoniert am besten gleich mit der Meldestelle. So kannst du noch heute mit den Befragungen beginnen, falls die Filmcrew anwesend ist.«

Erneut verschwand Marc. Lucie nutzte die Gelegenheit, um in den kleinen Garten hinter dem Haus zu gehen. Hier war es angenehm schattig und die Verkehrsgeräusche der Straße drangen nur gedämpft zu ihr. Lucie hatte vor, sich darüber klar zu werden, was sie bisher erfahren hatte. Es war nicht viel, wie sie ernüchternd feststellen musste.

René Carriere war gegen Ende der Dreharbeiten zu dem neuen Petit-Krimi ‚Das offene Geheimnis‘ verstorben. Über die Umstände hatte sie bisher nichts erfahren. Sie war ausschließlich aufgrund der Anschuldigungen und Vermutungen seiner Frau aktiv geworden. Aktuell war der Fall noch kein wirklicher Mordfall. Es gab nur die vage Behauptung, dass der Schauspieler keines natürlichen Todes gestorben sei. Wenn die Obduktion nicht eindeutig sein würde, müsste sie sehr schnell nach *Fréjus* zurückkehren. Immerhin hatte sie in Erfahrung bringen können, dass der Todeszeitpunkt knapp vier Wochen zurücklag. Eine Exhumierung machte durchaus Sinn, obwohl die Verwesung bereits eingesetzt hatte. *Docteur* Honfleur würde seine Freude an dieser Aufgabe haben, stellte sie sich vor. Nein! Sie wollte es sich nicht ausmalen, wie er den Leichnam sezierte. Sofort hörte sie die Knochensäge in ihren Ohren. Ein kalter Schauer durchlief ihren Körper. An diesen Teil ihres Berufs würde sie sich nie gewöhnen können. Da befragte sie lieber stundenlang Zeugen und verhörte Verdächtige. Auch gegen eine Verfolgungsjagd hatte sie nichts einzuwenden. Ihr ging es wie den Kinozuschauern. Reden war auf Dauer langweilig. Etwas Action sorgte für Abwechslung im Alltag. Ausschließlich dialoglastige Filme kamen bei ihr nicht gut an. Lucie vertrat die Meinung, dass Kino alle Sinne und Emotionen ansprechen sollte.

Marc ließ sich Zeit. Sie rauchte ihre dritte *Gitanes,* als er breit grinsend im Garten auftauchte. Lässig bewegte er einen Kaugummi in seinem Mund, was Lucie zu einem bewussten Stirnrunzeln veranlasste.

»Was guckst du so kritisch? Ich habe positive Nachrichten. Sowohl Regisseur und Kameramann als auch Fabrice Petits Assistent halten sich aktuell in *Cannes* auf. Sein Name ist Toni Camera. Sie wohnen im *Majestic.* Das kennst du sicher.«

Sie nickte.

»Da habe ich die erste Nacht verbracht. Ein luxuriöser Kasten direkt an der *Croisette.* Weiter hinten in Richtung *Beach Club.*«

»Ja, das stimmt. Die Bar ist bei ausländischen Gästen beliebt. Sie hat am Wochenende und bei Großveranstaltungen bis früh morgens geöffnet.«

»Genau das Richtige für eine ausgelassene Premierenparty nach der Aufführung des neuen Petit-Krimis. Könntest du mal überprüfen, was die Presse so geschrieben hat? Es würde mich interessieren.«

Marc wollte schon intervenieren, doch in letzter Sekunde schlug er vor:

»Wenn du von hier aus in Richtung *Croisette* gehst, gibt es in der Nähe des Busbahnhofs einen Kiosk. Die haben internationale Presse und insbesondere auch Fachpresse für die Filmindustrie. Einen besseren Ort, sich über die Branche, Neuigkeiten und Klatsch zu informieren gibt es wohl kaum auf der Welt. Höchstens in *Hollywood«,* er lachte schrill. In Lucies Ohren pfiff es.

»Danke für den Tipp. Ich gehe gleich vorbei, wenn ich mich auf den Weg zum *Majestic* mache.«

»Vielleicht setzt du dich auf einen der blauen Stühle, die überall zum Verweilen einladen und liest die Artikel in den Zeitungen. Das mit den Sitzgelegenheiten ist eine nette Geste der Stadt für ihre Bürger und Besucher. Findest du nicht auch? Übrigens stehen sie für das blaue Meer und den dazugehörigen Himmel.«

Lucie strahlte ihren jungen Kollegen an.

»Ja, ich habe sie bemerkt. Es sind wirklich enorm viele und sie werden eifrig genutzt. Eine simple wie geniale Idee, etwas Gutes zu tun, um das Image von *Cannes* aufzupolieren.«

Marc war begeisterter Fan seiner Heimatstadt.

»Wir empfangen Gäste aus der ganzen Welt. Auch in dem Hotel meiner Eltern. Hier werden die unterschiedlichsten Sprachen gesprochen. Die meisten Leute kommen nicht, um Urlaub zu machen, sondern um Geschäfte abzuwickeln. *Cannes* ist positiv fürs Business. Deshalb gibt es die Luxushotels.«

»Du meinst, die Firmen sind bereit, die horrenden Preise zu bezahlen?«

»Das ist für die ein Klacks. In *Paris* zahlst du mehr. Und die Stadt liegt nicht am Mittelmeer. Dazu kommt noch das üppige Angebot an Restaurants und Bars. Hier kann man sich verwöhnen lassen ...«

»Und dabei verhandeln und Verträge abschließen.«

»So ist es«, bestätigte Marc. Lucie kam ein Gedanke.

»Vielleicht hat René Carriere neben seiner Tätigkeit als Schauspieler hier lukrative Geschäfte getätigt. Das wäre gar nicht so abwegig«, kam es Lucie in den Sinn.

»An was denkst du da?«, fragte ihr neuer Kollege interessiert.

»Noch habe ich keine Anhaltspunkte. Aber was nicht ist, ...«

»Im Präsidium haben wir eine spezielle Abteilung für Wirtschaftskriminalität. Ich könnte mich dort mal kundig machen ... Wusstest du, dass jede Menge Araber hierher kommen? Die legen sich nicht in Badehose an den Strand. Man munkelt, in den noblen Hotels werden gestohlener Schmuck, Kunst und seltene Rohstoffe angeboten. Sozusagen ein Basar der Superreichen.«

Lucie horchte auf. Diese Machenschaften waren ihr nicht bekannt.

»Und was unternimmt die Polizei dagegen?«

Marc musste lachen.

»Die kommt meistens zu spät. Die Geschäfte laufen dezent und für die Öffentlichkeit unbemerkt ab. Beim Dinner oder in den Suiten der Hotels. Auch mal auf einem abgelegenen Parkplatz im *Esterel*-Gebirge. Die Kollegen haben mir erzählt, dass es kaum etwas Seltenes oder Hochwertiges gibt, was du in *Cannes* nicht bekommen kannst. So lange es illegal, geschmuggelt oder gestohlen ist.«

Die glamouröse Stadt an der *Côte d'Azur* erschien der *Commissaire* in einem anderen Licht. Hinter der strahlend weißen Fassade verbargen sich internationale Kriminalität und korruptes Geschäftsgebaren. Im Vergleich dazu war *Saint-Tropez* ein lebenslustiger Tummelplatz für die Reichen und Schönen. *Cannes* spielte in einer anderen Liga.

»Wenn du wissen willst, womit die Polizei in *Cannes* meistens beschäftigt ist? Sie verteilt Strafzettel an die vielen *Ferrari, Jaguar, Bentley, Lamborghini, Rolls Royce* oder *Maserati,* die rücksichtslos überall abgestellt werden. Die Besitzer denken, sie haben einen Parkplatz mit ihrem Auto erworben. So verhalten sie sich jedenfalls.«

»Meinst du, das sind die gleichen Leute, die dann in den Hotels die Geschäfte abwickeln?«

Er nickte.

»Man erzählt sich das. Meine Eltern haben Kontakt zu vielen Hoteliers. Die kriegen das am ehesten mit.«

Lucies Einstellung zum möglichen Mord an René Carriere änderte sich unvermittelt. Bisher hatte sie gedacht, sie befände sich im Filmmilieu. Doch durch Marcs Beschreibungen erweiterte sich ihr Horizont und sie fuhr ihre Antennen für organisierte Kriminalität aus. Einen Fall aufzuklären hatte immer etwas mit Spürsinn zu tun. Man konnte alles Mögliche beobachten, doch wenn man es nicht wahrnahm und in Verbindung mit den Ermittlungen brachte, dann fügten sich die Puzzleteile nicht ineinander.

»Weißt du was, Marc? Du hast meinen Horizont erweitert. Ich werde meine Befragungen mit einer anderen Haltung angehen. Nicht so, wie ich es in *Saint-Tropez* tun würde.«

»Wie denn?«, wollte er wissen.

»Ich werde mehr als nur ein privates Motiv in Betracht ziehen. Es kann durchaus geschäftliche Gründe gegeben haben, warum René Carriere ermordet wurde.«

»Das freut mich, dass ich dir helfen konnte. Jetzt will ich mich aber um die Exhumierung kümmern. Die ist sicher am wichtigsten für unsere Ermittlungen, *Madame la Commissaire?*«

»Das ist sie. Ich werde von hier aus telefonieren, damit ich nicht umsonst das *Majestic* aufsuche, um die Filmcrew zu treffen.«

»Mutter wird dir helfen. Sie hat die meisten Telefonnummern der Hotels abgespeichert.«

»Wie heißt deine Mutter mit Vornamen?«

»Silvia. Leicht zu merken. Silvia Pianetti.«

»Gut Marc. Wir sehen uns gegen 19:00 Uhr hier im Hotel wieder? Ich lade dich anschließend zum Abendessen ein. Wie wäre das? Da können wir alles Weitere besprechen.«

»Perfekt. Ich lasse uns einen Tisch in meinem Lieblingsrestaurant reservieren.«

Lucie verließ den Garten in Richtung Empfang. Marc stieg in sein Einsatzfahrzeug und fuhr in die Polizeizentrale.

Er war voll positiver Anspannung. Nie und nimmer hätte einer seiner Vorgesetzten ihm derartig viel Verantwortung übertragen. Er war stolz auf sich. Bisher hatte er alles richtig gemacht. Bisher.

Chapitre cinq

Lounge im Hôtel Majestic, am frühen Nachmittag des gleichen Tages

»*Commissaire* Girard? So heißt die Polizistin, die dich angerufen hat?«, wollte der Kameramann Phillip Moulin von Didier Antune, dem Regisseur, wissen.

Die Antwort kam verzögert, denn Antune schwenkte sein Whiskeyglas und trank anschließend einen Schluck. Dabei ging sein Blick ins Leere.

»*Oui*. Girard. Lucie Girard. Das ist ihr Name. Sie war unter den Zuschauern, als Carrieres Witwe im Kino die Anschuldigung ausgesprochen hat.«

Der Kameramann kaute an seinen nicht mehr vorhandenen Fingernägeln. Er wirkte angespannt und nervös.

»Dann haben die beiden sich bestimmt ausgetauscht. Ich hab dir gleich gesagt, das geht schief.«

Der Regisseur stellte sein Whiskeyglas auf dem niedrigen Tisch neben sich ab und beugte sich zu seinem Gesprächspartner vor. Er fauchte mehr, als dass er sprach.

»Red nicht so einen Stuss. Wer rechnet denn damit, dass der alte Sack gleich abkratzt.«

Phillip Moulins Hände zitterten. Er faltete sie, um sie unter Kontrolle zu bringen. In diesem Moment hatte er mit seinen langen Haaren, dem Vollbart und den feinen Gesichtszügen eine gewisse Ähnlichkeit mit Jesus.

»Ich fühle mich schuldig.«

»Phillip! Ich warne dich. Es führt zu nichts, wenn du den Märtyrer spielst. Carriere ist einen Monat tot. Der liegt unter der Erde. Es gibt keine Beweise. Am besten du hältst deinen Mund. Lass mich reden. Kapiert?«

Der Kameramann nickte. Er sah wie ein Häufchen Elend aus. Didier Antune forderte ihn auf:

»Geh auf dein Zimmer. Mach dich frisch. Halte deinen Kopf unter kaltes Wasser. In deiner Gemütsverfassung kannst du nicht der *Commissaire* gegenübertreten. Die schöpft gleich Verdacht und verhaftet dich als Tatverdächtigen.«

»Sag nicht sowas! Ich habe nur mitgeholfen.«

Antune sprach nicht aus, was er dachte. Momentan war es wichtiger, Ruhe zu bewahren.

»Beeile dich. Sie trifft in wenigen Minuten ein. Ich werde sie empfangen. Du gesellst dich dazu. In bester Laune und mit guten Manieren.«

Als Phillip Moulin aufstand, schwankte er leicht. Sein viel zu großes Jeanshemd hing über seiner ausgeblichenen Jeans. Die silbernen Armreifen an seinem Unterarm klimperten, während er sich mit der Hand durch die strähnigen Haare fuhr, die ihm ins Gesicht hingen.

»Am besten nehme ich eine kalte Dusche.«

»Zieh dir was anderes an. Das Hemd trägst du seit zwei Wochen. Und rasieren könntest du dich auch.«

Moulin nahm die Kritik des Regisseurs an. Er verschwand mit hängenden Schultern im gegenüberliegenden Aufzug, der zu den Zimmern in den oberen Stockwerken des Hotels führte. Antune bestellte sich noch einen Whisky und einen doppelten Espresso. Er wollte hellwach sein, wenn er die Fragen der *Commissaire* beantwortete. Seine Zukunft hing von dem Ausgang der Ermittlungen ab. Ihm war klar, dass er keine Fehler begehen durfte. Kein falsches Wort oder eine unüberlegte Bemerkung durfte ihm herausrutschen. Als Regisseur hatte er die Verantwortung für alle Vorgänge am Set. Dessen war er sich bewusst. Seine Hoffnung war, dass die Polizei nur oberflächliche und routinemäßige Untersuchungen durchführen würde. Gefährlich könnte es werden, wenn die *Commissaire* mit weiteren Mitgliedern der Filmcrew reden würde. Zum Glück waren die meisten schon abgereist oder gar nicht nach *Cannes* gekommen.

Er beobachtete die langbeinige Schönheit schon eine Weile. Sie stand in der Nähe des Empfangstresens und sah sich in der Lounge des Hotels um. Sie war außergewöhnlich groß und wirkte in ihrem beigen Hosenanzug wie eine Geschäftsfrau, die zu einer Konferenz angereist war. Als ihr Blick an ihm hängen blieb und sie kurz darauf auf ihn zukam, wurde ihm auf einmal heiß. War das etwa *Commissaire* Girard? Er hatte mit einer verknöcherten Beamtin in einem mausgrauen Kostüm gerechnet. Nicht mit einer Frau mit Starappeal.

Sie lächelte ihn gewinnend an. Reflexartig stand er auf, wollte etwas zur Begrüßung sagen, doch sie kam ihm zuvor.

»*Bonjour!* Sie müssen *Monsieur* Antune, der Regisseur des letzten Petit-Krimis sein, richtig?«

Sein Mund war trocken. Sein Hals auch. Deshalb antwortete er krächzend:

»Der bin ich. Und Sie sind *Madame la Commissaire* Girard?«

Jetzt streckte sie ihm ihre schlanke ringlose Hand entgegen. Antune griff zögernd zu. Er vermied es, zu fest zuzudrücken, deshalb geriet sein Handschlag wie der eines ängstlichen Pennälers.

Sie schlug vor:

»Wollen wir uns nicht setzen?«

Lucie sah sich um. Sie wollte überprüfen, ob sie ungestört reden konnten. Der nächste Tisch war weit genug entfernt. Es bestand keine Gefahr, belauscht zu werden.

»Wie ich sehe, sind Sie bereits mit Getränken versorgt.«

»Einen Kaffee würde ich noch trinken. Sie auch?«

Lucie nickte.

Er hob die Hand. Woraufhin sofort ein Hotelbediensteter an den Tisch kam und die Bestellung aufnahm.

Lucie begann das Gespräch locker.

»Ich habe sie auf der Bühne des Premierentheaters gesehen. Sie wirkten sehr stolz, als sie ihr Filmteam um sich hatten und Hintergründe zur Produktion von ‚Das offene Geheimnis‘ erläuterten.«

Antune war noch nicht in dem Gespräch angekommen. Er sah sich nervös in der Lounge um und war nicht in der Lage, Augenkontakt mit der *Commissaire* aufzunehmen. Natürlich bemerkte Lucie seine Unsicherheit. Ungelenk bemühte er sich, in den Dialog zu finden.

»Ein Regisseur ist Chef und Vaterfigur zugleich. Während des Filmdrehs kann sich eine familiäre Atmosphäre entwickeln, falls er das zulässt.«

Lucies Interesse war geweckt. Sie fragte nach:

»Und? Haben Sie es zugelassen? Wie war die Stimmung beim Dreh des neuen Petit-Krimis?«

Der Kaffee kam. Er verzögerte Antunes Antwort. Dadurch gewann er Zeit, entspannter zu werden. Nachdem beide einen kleinen Schluck genommen hatten, gab er zum Besten:

»Ich sehe mich als Möglichmacher. Wo Talent ist, entsteht etwas Besonderes. Das herauszukitzeln ist meine Passion.« Es schien so, als ob er mit seiner Äußerung fertig war. Nach einer kurzen Pause folgte noch ein Nachsatz. »Leider kann man sich nicht alle im Team aussuchen.«

An diesem Punkt hakte Lucie nach.

»Gehörte René Carriere zu den Personen, die sie akzeptieren mussten?«

»Carriere? Er gehörte quasi zum Inventar. Ohne ihn gäbe es heute vermutlich keine Petit-Krimis mehr. Von daher konnte ich ihn betreffend nur wenig Wünsche äußern. Sie sollten wissen, dass ich der fünfte Regisseur bin, der die Ehre hatte, einen dieser beliebten Krimis zu inszenieren.«

Lucie musste grinsen.

»Das haben Sie diplomatisch formuliert. Höre ich da eine gewisse Skepsis Ihrerseits heraus?«

Didier Antune fuhr sich durch seine teilweise ergrauten Haare, die sein faltenfreies jugendliches Gesicht einrahmten. Lucie sah, dass die Hände des Regisseurs fein manikürt waren. Sie harmonierten mit seinem gepflegten Äußeren mit einem blütenweißen Hemd und einem dunkelblauen Seidenschal, den er schwungvoll um den Hals trug.

Mit leicht schief gelegtem Kopf antwortete er bereitwillig:

»Altstars haben ihre Marotten. So auch Carriere. Eine seiner Eigenheiten war, dass er den vorgegebenen Text ständig abänderte. Was die anderen Schauspieler aus dem Konzept brachte, weil sie ihre Einsätze nicht mehr kannten.«

Lucie hatte das Gefühl, dass sie sich auf dem richtigen Weg befand. Sie sammelte Wissen über Carriere in ihrem goldfarbenen Notizbuch, welches aufgeschlagen samt spitzem Bleistift auf ihrem Schoss lag.

»Der Mann war von sich überzeugt, das scheint eindeutig. Hat er Sie respektiert? Ich könnte mir vorstellen, dass es zu Diskussionen kam?«, fragte sie.

In Antunes Wahrnehmung regte sich der Verdacht, die *Commissaire* wolle ihn dazu bringen, negativ über seinen Altstar zu sprechen. Er nahm sich vor, zurückhaltender in seinen Äußerungen zu sein. Bevor er antworten konnte, wurde er von ihr abgelenkt, denn sie durchsuchte ihre Handtasche und holte kurz darauf eine blaue Zigarettenpackung hervor, die sie ihm vor die Nase hielt.

»Rauchen Sie? Eine *Gitanes*. Sie sind ohne Filter. Das mag nicht jeder.«

Antune war ob des Angebots etwas irritiert. Er lehnte dankend ab, denn er war überzeugter Nichtraucher.

»Es stört Sie nicht, wenn ich rauche?«, fragte Lucie, während sie sich eine Zigarette mit ihrem silbernen Benzinfeuerzeug anzündete.

»Ist in Ordnung. Am Set wird dauernd gequalmt. Die meisten Leute rauchen.«

Lucie tat verwirrt.

»Wo waren wir stehengeblieben? Ach ja, bei Carrieres Marotten. Gab es wegen ihm Ärger während des Filmdrehs?«

Antune überlegte nicht lange. Es platzte förmlich aus ihm heraus.

»Ab und zu schon. Er ...«

Der Regisseur sah seitlich an der *Commissaire* vorbei. Daraufhin setzte er seinen angefangenen Satz anders als vorgesehen fort.

»Ah, darf ich vorstellen? Unser Kameramann Phillip Moulin.«

Lucie erkannte neben sich stehend einen schmächtigen, ausgemergelten Mann Ende vierzig. Seine langen braunen Haare sahen luftig und frisch gewaschen aus. Sie blickte zu ihm auf. Er näherte sich, reichte ihr jedoch nicht die Hand, sondern nahm auf dem freien Sessel gegenüber Platz. Mit auf seinem Schoss gefalteten Händen sah er sie erwartungsvoll an.

Auch Lucie schwieg. Didier Antune überbrückte die Pause, indem er erklärte:

»Phillip redet nicht viel. Dafür hat er ein feines Auge. Als DoP gehört er zu den Besten seines Metiers.«

Lucie blieb bei ihrem Thema. Sie hatte nicht vor, sich durch die Anwesenheit des Kameramanns aus dem Konzept bringen zu lassen.

»Beeindruckend, *Monsieur* Moulin. Ich bin hier, weil die Frau des Schauspielers René Carriere den Verdacht geäußert hat, dass ihr Mann ermordet wurde. Er brach während der Aufnahmen, bei denen Sie zugegen waren, zusammen. Können Sie mir die Situation einmal genau beschreiben. Was geschah zuvor, währenddessen und danach. Wie wäre es, *Monsieur* Moulin? Berichten Sie mir bitte. Ich mache mir dabei Notizen.«

Damit hatte sie den gerade dazugestoßenen Kameramann komplett überrumpelt. Ihm brach der Schweiß aus. Er schnappte mehrmals nach Luft. Und begann, stotternd zu sprechen.

»Ich weiß nicht so recht. Ich habe mich auf meine Arbeit konzentriert. Ich sah durch den Sucher der Kamera. Filmte eine Szene ohne ihn. Er hielt sich in der Nähe am Set auf. Den Moment seines Kollapses bekam ich zuerst nicht mit.«

Lucie fragte gleich hinterher:

»Welche Szene drehten Sie?«

»Die Enthüllung. Das große Finale. Den Moment, wo der Mörder entlarvt wird. Fast alle Akteure waren anwesend. Auch deshalb fiel mir der Zusammenbruch Carrieres erst nicht auf. Er muss länger gelitten haben. Das sagten mir die Beleuchter, die mehr mitbekommen haben.«

»Aber Sie, *Monsieur* Antune. Sie hatten den Überblick. Als Regisseur muss man auf alles achten. Ist es nicht so?«

Antune hatte genügend Zeit gehabt, sich zu sammeln. Er antwortete mit fester Stimme:

»Im Prinzip schon. Wenn es für die Aufnahme relevant ist. Wenn ein Schauspieler nicht im Bild ist, bemerke ich ihn nicht. Erst als Carriere laut polternd zu Boden fiel, erregte er meine Aufmerksamkeit. Vorher war ich mit der Szene beschäftigt, die Phillip aufnahm. Außerdem verfolgte ich die meiste Zeit die Ausspiegelung. Das ist eine Art Monitor. Dort kann ich in Schwarz/Weiß überprüfen, was gefilmt wird. Ich war darauf fokussiert. Sie verstehen.«

Lucie drückte ihren Zigarettenstummel im Aschenbecher aus. Während sie den letzten Rauch in Richtung des Kameramannes blies, fragte sie mit einem provokanten Unterton:

»Es gab also niemanden, der das Unwohlsein des Schauspielers bemerkte? Noch nicht einmal die Kollegen, die um ihn herum waren? Er ist sicher nicht innerhalb einer Sekunde umgefallen. Wahrscheinlich gab es bereits zuvor Anzeichen seiner Unpässlichkeit. Sie haben sich, nehme ich an, nachdem er abtransportiert wurde, mit den Kollegen unterhalten?«

Moulins Hände waren in ständiger Bewegung. Er nestelte an seinem karierten Hemd herum. Spielte mit seinen silbernen Armreifen, die er um sein Handgelenk trug. Dann verriet er.

»An diesem Tag ging es ihm seit Drehbeginn schon nicht gut. Die Maskenbildnerin berichtete uns, dass er sich mehrmals übergeben musste. Er hatte Nasenbluten. Ihm war schwindelig. Seinen Text hatte er entweder nicht gelernt oder vergessen. Es war ein Desaster. Auch deshalb haben wir entschieden, die Szenen mit ihm auf den nächsten Tag zu verschieben. So war es doch, Didier?«

Der Regisseur vermied es, seine Verärgerung über Phillip zu zeigen. Hatte er ihn nicht angewiesen, zurückhaltend mit seinen Äußerungen zu sein? Moulin plapperte frei drauflos, was Antune missfiel.

»So ungefähr war es«, gab er zu. »Wobei es ab und zu passiert, dass sich ein Kollege unwohl fühlt. Wir drehen sechs Wochen lang. Unwohlsein kommt da schon mal vor.«

Die *Commissaire* stellte klar:

»Bei René Carriere war es mehr als nur das. Er verstarb in der Folge. Haben Sie denn, nachdem er zusammengebrochen war, einen Arzt gerufen?«

Der Regisseur sah betreten zur Seite. Man merkte ihm an, dass ihn Gewissensbisse plagten.

»Es hat eine Weile gedauert. Die Leute haben durcheinandergerufen. Alle sind umhergelaufen. Ehrlich gesagt, haben wir versagt. Noch nicht einmal Erste Hilfe wurde geleistet. Da wir uns in England auf einem abgelegenen Schloss aufgehalten haben, hat es fast eine Stunde gedauert, bis ein Mediziner eintraf. Der konnte dann nur noch René Carrieres Tod feststellen.«

»Haben Sie mit ihm gesprochen? Was hat er als Todesursache angegeben? Auch in England muss ein Totenschein ausgestellt werden«, erklärte die *Commissaire*.

Um Zeit zu gewinnen, nippte der Regisseur an dem Rest seines mittlerweile kalten Kaffees. Er war sich bewusst, was für ihn auf dem Spiel stand.

»Der Doktor war ein komischer Kauz. Er brummte was von Organversagen. Er wollte wissen, ob Carriere starker Trinker war. Ich wusste, dass er gerne und viel Whiskey trank. Ob er Alkoholiker war, traute ich mich nicht anzugeben. Da müssen Sie seine Frau fragen. Jedenfalls wurde sein Leichnam schnell abtransportiert. Wegen seines Todes hat der Drehbuchautor das Ende des Krimis umgeschrieben. Petits junger Assistent bekam die Chance, den Mord aufzuklären. Was für die Fortführung der Serie von Vorteil ist. Die Produktionsfirma plant bereits den nächsten Krimi. Mit einem jungen, dynamischen Nachfolger Petits.«

In den letzten Minuten hatte Didier Antune Oberwasser gewonnen. Er war mit seiner Schilderung der Geschehnisse zufrieden. Wie es schien, die *Commissaire* auch. Er beobachtete sie, wie sie nachdenklich an der Hülle ihres Bleistifts lutschte.

»Den Namen. Haben Sie den Namen des Arztes? Und wo ist René Carriere hingebracht worden?«, fragte sie routinemäßig.

Antune zuckte mit den Schultern.

»Den Namen? Da bin ich überfragt. Aber unser Aufnahmeleiter Pierre Duchant müsste das wissen. Leider ist er nicht in *Cannes*. Er hat bereits einen Folgedreh. Irgendwo in der Karibik. Es wird für Sie schwer bis unmöglich, ihn zu erreichen. Nachdem Carriere abtransportiert worden war, haben wir unseren Dreh, so weit dies möglich war, fortgesetzt. Da blieb keine Zeit, nachzufragen, wohin der Verstorbene gebracht wurde. «

War das das Ende der Befragung? Es schien so. Lucie sah in ihre Aufzeichnungen. *Hatte sie etwas übersehen?* An einem Punkt stutzte sie.

»Sie erwähnten eine Maskenbildnerin. Nutzte René Carriere immer dieselbe Person? Kann ich mit ihr sprechen?«

Erneut übernahm Didier Antune das Antworten.

»Ja. Er vertraute ausschließlich Martine Cohen. Sie lebt in *Paris*. Ich kann Ihnen ihre Telefonnummer geben. Keine Ahnung, ob sie sich zuhause aufhält oder schon wieder unterwegs ist. Wenn Sie hier warten, bringe ich Ihnen die Nummer.«

Lucie war zufrieden. Sie nahm an, dass sie von der Maskenbildnerin mehr über Carriere erfahren würde, als von dem opportunistischen Regisseur oder dem hypernervösen Kameramann. Wobei sie das Gefühl beschlich, dass die beiden etwas zu verbergen hatten. Vielleicht konnte sie das und noch mehr über Martine Cohen herausbekommen. Abschließend bat sie Antune:

»*Bon*. Dann habe ich keine Fragen mehr an Sie. Bitte bringen Sie mir die Telefonnummer von *Madame* Cohen. Ich warte hier.«

Der Regisseur sprang auf und mit ihm Phillip Moulin. Die beiden konnten es kaum erwarten, von der *Commissaire* wegzukommen.

»Ich beeile mich. Und falls Sie noch etwas wissen wollen, wir sind bis morgen in *Cannes*«, bot er freiwillig an.

»Das ist nett von Ihnen. Bei Bedarf werde ich mich melden.«

Lucie saß noch eine Weile in dem gemütlichen *Fauteuil*. Nach einem weiteren Kaffee und der Durchsicht ihrer Aufzeichnungen, ließ sie sich ein Telefon bringen und rief die Pariser Telefonnummer an, die ihr Didier Antune gegeben hatte.

Nach mehrmaligem Klingeln hörte sie eine klare Frauenstimme.

»*Bonjour, içi* Martine Cohen.«

Die *Commissaire* meldete sich förmlich und erklärte ihr Anliegen.

Als sie zu dem Gesundheitszustand des Schauspielers kam, wurde sie von der Maskenbildnerin in ihrem Redefluss unterbrochen.

»Das stimmt. Ihm ging es nicht gut. Schon seit Tagen. Es war irgendwie mysteriös. Er musste sich mehrmals übergeben. Als ich ihn schminkte, bekam er Nasenbluten. Er klagte über Schwindel. Zwischendrin sagte er, dass es ihm wieder besser gehe. Er sah trotzdem nicht gut aus. War blass und konnte nichts essen.«

»Hat er irgendeinen Verdacht geäußert, woher sein Unwohlsein kommen könnte?«

Lucie hörte ein Schnaufen.

»Nein. Ich habe ihn mehrmals gefragt. Er sagte, er habe nichts Ungewöhnliches gegessen. Zu viel Alkohol habe er auch nicht getrunken.«

Die *Commissaire* konkretisierte ihre Frage:

»Mit Verdacht meine ich auch, ob er eine Person mit seinem Zustand in Verbindung gebracht hat?«

Es dauerte eine Weile, bis Martine Cohens Antwort kam.

»Nicht direkt. Er hat ständig über den Regisseur geschimpft. Er sei unfähig. Würde ihm seine kreative Freiheit nehmen. Dann gab es noch seinen neuen Assistenten. Ich meine den im Film. Er heißt Toni Camera. Mit ihm verstand er sich zu Anfang nicht, dann haben sie sich aber ausgesprochen ...«

Den Namen hatte Lucie noch nicht gehört. Sie notierte sich ihn.

»Haben Sie mitbekommen, um was es in dieser Aussprache ging?«

»Ich lausche nicht, wenn man mich rausgeschickt hat. Ich vermute mal, sie haben sich über ihre Rollen unterhalten. Marcs Aufgabe war es, mehr Action in den Film zu bringen, was René missfiel.«

Lucie erinnerte sich an Phillip Moulins Aussage, dass Fabrice Petits Assistent den Fall am Ende gelöst hätte.

»Ist Toni Camera der Nachfolger von René Carriere?«

»Es hat sich so ergeben. Da die letzte Szene nicht mit René Carriere abgedreht werden konnte. Ich finde, er passt nicht in die Rolle eines Detektivs im Stil von Petit. Dazu ist er zu jung und wild. Auch die Kollegen haben sich gewundert, dass man so einen Typen ausgesucht hat. Zum Schluss waren wir froh, dass der Filmdreh vorüber war. Alle wollten nur noch weg. Es war kein schönes Ende.«

Lucie erwähnte das von Antune beschriebene Chaos am Set nach Carrieres Kollaps. Die Maskenbildnerin konnte dies nicht bestätigen, denn sie hatte sich zu dieser Zeit in ihrem Garderobenwagen aufgehalten.

»Den Arzt haben Sie demnach nicht gesehen?«, wollte die *Commissaire* zum Abschluss wissen.

»Nein. Die Crew wurde, nachdem er eingetroffen war, vom Drehort weggeschickt. Ich habe nur mitbekommen, wie Carrieres Leichnam abtransportiert wurde.«

»Gab es danach irgendwelche Gerüchte? Man hat sich doch sicher über den Vorfall unterhalten.«

In der Leitung blieb es verdächtig still. Lucie stellte unmissverständlich klar:

»*Madame* Cohen, darf ich Sie darauf hinweisen, dass Sie dazu verpflichtet sind, die Polizei bei der Aufklärung eines möglichen Verbrechens zu unterstützen. Sie sollten mir gegenüber nichts verschweigen.«

Lucie bluffte. Eine Zeugin musste nur unter Eid vor Gericht die Wahrheit sagen. In einem frühen Stadium eines Falles hatte die *Commissaire* außer ihrer Erfahrung und ihrem sprachlichen Geschick keinerlei Mittel zur Verfügung, um Martine Cohen zu einer Aussage zu zwingen. Die Maskenbildnerin reagierte besorgt:

»Ich bin selbstständig. Wenn es rauskommt, dass ich Kollegen bei der Polizei anschwärze, kriege ich keinen Job mehr.«

»Ich erwähne sie nicht. Gegenüber niemanden. Später, wenn wir den Täter festgenommen haben, kann es sein, dass Sie als Zeugin vor Gericht geladen werden. Aber nur, falls Ihr Verdacht sich bestätigt.«

Lucie hörte, wie *Madame* Cohen in ein Taschentuch schnäuzte. Dann sprach sie leise in den Telefonhörer:

»Ich bin eine ehrliche Haut. Außerdem habe ich René Carriere gemocht. Ich war wohl eine der wenigen Personen am Set, die ihm positiv begegneten nebenbei bemerkt.«

»Was wollen Sie mir damit sagen? Waren Sie seine Vertraute?«

»So kann man es ausdrücken. Er hat sich mir anvertraut.«

»Dann bitte ich Sie, mir mitzuteilen, was Sie wissen.«

Lucie hörte ein erneutes Schnäuzen. Wieder dauerte es eine Weile, bis die Maskenbildnerin zu reden begann.

»Er hatte fürchterliche Angst.«

Lucie vernahm das Rauschen in der Leitung, denn es entstand eine längere Pause.

»Wissen Sie vor was? Oder vor wem?«

»Er hat es mir nicht direkt verraten. Ich vermute aber, es hat nichts mit seiner Rolle oder seinem Beruf als Schauspieler zu tun. Vielleicht hatte er hohe Schulden. Er ist gerne ins Casino gegangen. Spielte leidenschaftlich Roulette.«

Für die *Commissaire* war das durchaus vorstellbar. Geldsorgen konnten einen Menschen zu einem emotionalen Wrack machen. Und wer weiß, von wem er sich eine Finanzspritze hatte geben lassen? Mit Geldhaien war nicht zu spaßen.

»Das könnte eine Erklärung für seine Ängste sein. Aber nicht für sein Unwohlsein und seinen anschließenden Tod.«

»Irgendwer war hinter ihm her, glauben Sie mir. Er hat heftig transpiriert. Ich habe seinen Schweiß gerochen. Der war nicht gesund.«

Die plakative Beschreibung des emotionalen und körperlichen Zustandes von René Carriere half Lucie, ein Bild von dem Mann zu entwickeln, den sie als souverän aufspielenden Fabrice Petit in den Kriminalfilmen erlebt hatte. Die Privatperson schien komplett anders zu sein. Nicht besonnen, erhaben und analytisch wie der Detektiv es war.

»Das hört sich dramatisch an. Dann haben Sie sich Sorgen um ihn gemacht?«

»Und wie. Sein Tod war ein finaler Schock für mich. Aber irgendwie habe ich damit gerechnet.«

Lucie kam zu der Erkenntnis, dass Martine Cohen René Carriere besser kannte als seine Frau ihn. Jedenfalls gab sie mehr konkrete Hinweise zu seinem Ableben und seiner Krise, in der er gesteckt hat.

»Also vermuten Sie, dass er ermordet wurde?«

Die Antwort kam schnell und war eindeutig.

»Ja. Das tue ich. Nur wie, das ist mir ein Rätsel.«

Lucie hatte einige Theorien. Sie fragte diesbezüglich nach.

»Hat er seine Mahlzeiten mit der Crew zusammen eingenommen?«

»Sie meinen … es war etwas in seinem Essen?«

»Die Art seines Ablebens spricht dafür.«

»Dann müsste ich auch tot sein. Wir haben meistens zusammen gegessen. Die Köchin hat vor unseren Augen seinen und meinen Teller gefüllt und wir sind gemeinsam an den Tisch gegangen. Ich kann mir nicht vorstellen, dass jemand in sein Essen Gift gemischt hat.«

Für die *Commissaire* schien die Erklärung plausibel. Es musste einen anderen Moment gegeben haben, an dem René Carriere mit einer giftigen Substanz in Berührung gekommen war.

»Belassen wir es dabei, *Madame* Cohen. Wir werden Carrieres Leichnam obduzieren lassen. Die meisten Gifte können die Gerichtsmediziner post mortem nachweisen. Vielleicht sind wir dann schlauer.«

Die Maskenbildnerin schluchzte in den Hörer.

»Oh wie furchtbar. Ich möchte mir das nicht vorstellen. Aber ich unterstütze Sie bei der Aufklärung. Ich will wissen, wer ihn auf dem Gewissen hat.«

Lucie drückte ihre *Gitanes* im Aschenbecher aus. Sie sah sich in der Hotellounge um. Es war voll geworden. Von der Bar klang Klavierspiel herüber.

»Ich lasse Sie wissen, was wir herausgefunden haben. Und Sie sind bitte so freundlich und melden sich, falls Ihnen noch etwas Wichtiges einfällt. Rufen Sie am besten in der Polizeistation in *Cannes* an und verlangen *Commissaire* Pianetti. Er arbeitet mit mir zusammen und wird Ihre Aussage aufnehmen.«

Martine Cohen erklärte:

»Ab nächster Woche bin ich wieder in England. In den *Pinewood* Studios. Dort wird Superman gedreht. Ich gehöre zu einem großen Team von Maskenbildnerinnen. Das wird eine neue Herausforderung! Das kann ich Ihnen jetzt schon sagen.«

»Sie haben einen faszinierenden Beruf! Dann wünsche ich Ihnen viel Erfolg.«

»Ihrer ist sicher nicht weniger aufregend.«

Lucie beendete das Telefongespräch. Sie war zufrieden. Martine Cohen hatte sich als durchaus kooperativ erwiesen.

Chapitre six

Wenige Wochen zuvor. Beim Filmdreh in einer Fabrik-halle in England

»Ich kann das nicht! Ich bin nicht schwindelfrei!«

Fabrice Petit alias René Carriere stand auf der zehnten Sprosse einer Leiter, die auf eine verrostete Empore in einer verlassenen Fabrikhalle führte. Er sollte seinem Assistenten folgen. Sie waren hinter einem Verdächtigen her, der zuvor in ein Herrenhaus eingebrochen war und Juwelen gestohlen hatte. Bei der Szene handelte es sich um eine Nebengeschichte der eigentlichen Handlung, die der Drehbuchautor auf Wunsch des Regisseurs eingebaut hatte. Didier Antune musste für mehr Action sorgen. Das hatte ihm die Produktionsfirma klar gemacht. Ohne Action kein internationaler Erfolg an der Kinokasse. Brave Kriminalgeschichten waren out.

Der übergewichtige Schauspieler schwankte auf der schmalen und instabilen Eisenleiter hin und her. Seine Hände wurden feucht. Tränen stiegen ihm in die Augen. Er hielt sich krampfhaft fest und war nicht mehr in der Lage, sich von der Stelle zu bewegen. Oben auf der Empore wartete sein Assistent Pascal Midote, gespielt von Toni Camera. Ein sportiver Typ, der keinerlei Probleme mit Klettern und Höhe hatte. Dummerweise konnte er nicht die Verfolgung des Diebs aufnehmen, denn die Regieanweisung forderte, dass Petit ihm folgen und er ihm die Hand reichen sollte, um die Empore zu erklimmen, deren Sicherheitsgitter schon seit Jahren nicht mehr vorhanden war.

»René! Trau dich! Wir proben nur. Du wirst dich an die Höhe gewöhnen. Bei den letzten Stufen helfe ich dir. Dann hast du es geschafft«, redete er auf den verängstigten Kollegen ein.

Doch dieser verharrte in derselben verkrampften Position. Aus dem Megafon des Regisseurs war zu hören:

»Carriere! Sie kosten uns wertvolle Zeit und bringen unseren Drehplan in Verzug. Reißen Sie sich mal am Riemen. Wir werden für diese lächerliche Kletterpartie kein Double engagieren.«

Toni Camera, der junge Schauspieler, meldete sich erneut zu Wort. Er rief dem Regisseur, der auf seinem Regiestuhl saß zu:

»*Monsieur* Antune, es hat keinen Sinn. *Monsieur* Carriere ist kreidebleich. Er schafft das nicht.«

Der Regisseur sprang wutschnaubend auf. Er befahl dem Assistenten des Aufnahmeleiters, hinter Carriere die Leiter hochzuklettern und ihm beim Abstieg zu helfen.

Es dauerte unendlich lange, bis der schwere Mann wieder festen Boden unter den Füßen hatte. Ohne ein Wort zu verlieren, zog sich Carriere in die provisorische Garderobe zurück. Er hatte genug für heute.

Drinnen erwartete ihn seine Vertraute, die Maskenbildnerin Martine Cohen. Sie reagierte erschrocken, als sie den Schauspieler hereinkommen sah. Ermattet ließ er sich vor dem Schminkspiegel auf seinen Sessel fallen, schloss die Augen und atmete mehrmals lautstark ein und aus.

»Was hat er nun wieder von dir verlangt, René? Du siehst fürchterlich aus!«, fragte Martine besorgt.

»Gib mir erst einmal ein Glas Wasser. Dann berichte ich.«

Sie schenkte ihm aus einer *Evian*-Flasche ein, reichte es ihm und er trank das Glas in einem Zug aus.

»Ah, das tut gut! Mein Hals war komplett ausgetrocknet. Die Zunge klebte am Gaumen. Jetzt kann ich wieder normal sprechen, Martine.«

Die Maskenbildnerin half ihm aus seinem Jackett heraus. Darunter war sein weißes Hemd komplett nass geschwitzt. Sie roch seinen streng riechenden Schweiß und interpretierte den Geruch als Zeichen seiner Angst.

»Du hast gelitten. Konntest du dich nicht wehren? Du bist der Hauptdarsteller. Hast du das etwa verdrängt?«

»Pah! Hauptdarsteller? Sie degradieren mich zu einem Statisten, der seinem jungen Assistenten hinterherhechelt. Der *connard* von Regisseur behandelt mich wie den letzten Dreck. Er lässt mich die ganze Zeit spüren, dass ich ein Auslaufmodell bin. Eigentlich wollten wir heute eine Szene drehen, in der ich meinem Assistenten Pascal Midote Anweisungen gebe. Er sollte selbstständig eine heiße Spur verfolgen. Doch das Drehbuch wurde kurzerhand umgeschrieben. Aus der vorgesehenen Dialogszene wurde eine Verfolgungsjagd. Mir wurde befohlen, einem Dieb auf der Flucht den Weg abzuschneiden. Deshalb musste ich eine wackelige und rostige Stahlleiter hochsteigen. Mit 74! Und meinem Körpergewicht!«

Martine tupfte mit einem *Kleenex* die Schweißperlen von seinem Gesicht. Eigentlich hätte er eine Dusche gebraucht. Doch in der heruntergekommenen Fabrikhalle gab es nichts dergleichen, nur eine Toilette im Garderobenwagen.

»Hast du es geschafft?«

Sein Blick ging ins Leere. Er wirkte weiterhin verstört. Stellte sich die unangenehme Situation erneut vor.

»Ich hing wie ein nasser Sack auf halber Höhe und konnte mich nicht bewegen. Leider habe ich nach unten gesehen und das hat bei mir Panik ausgelöst. Nichts ging mehr. Der Dreh wurde abgebrochen. Später hat mir ein junger Mann aus dem Team heruntergeholfen. Antune war stinksauer. Oh, Martine, was soll ich nur machen? Ich fühle mich fehl am Platz. Das ist nicht mehr mein Film.«

Die Maskenbildnerin sah ihn mitleidig an.

»Wie es scheint, will man dich bewusst quälen und mobben. Sie bringen dich an deine Grenzen. So dass du mürbe wirst und aufgibst.«

»Hinschmeißen? Ich? So weit ist es noch nicht. Ich werde kämpfen.«

Es klopfte verhalten an der Metalltür des Wagens. Martine öffnete sie. Vor ihr stand Toni Camera. Er sah wie das blühende Leben aus. Braungebrannt, Dreitagebart, strahlend blaue Augen, lange Haare, die ihm bis auf die Schulter fielen. Der Kontrast zu Carriere hätte nicht größer sein können. Sie blickte in das Antlitz der Jugend. Er hatte das Potenzial, zum Schwarm der Kinogängerinnen zu werden. Der erfahrenen Martine war klar, dass ein neuer Filmstar an ihre Garderobentür geklopft hatte. Sie sah ihn an und errötete.

»Was gibt es?«, fragte sie möglichst belanglos.

»Kann ich mit *Monsieur* Carriere sprechen? Wenn es geht, allein.«

Die Bitte überraschte Martine. Hatte sie doch vermutet, dass Toni Camera dem Regisseur hörig war. Carriere drehte seinen Kopf in Richtung Tür. Er hatte das Anliegen seines jungen Kollegen und vermeintlichen Kontrahenten gehört. Bevor die Maskenbildnerin antworten konnte, bat er seine Vertraute:

»Martine, lässt du uns bitte eine Weile allein? Sei so gut.«

Die Angesprochene zeigte Verständnis und verließ die Garderobe. Sogleich schlug Carriere Toni Camera vor:

»Setzten Sie sich auf den zweiten Sessel neben mich. Ich kann und will momentan nicht aufstehen. Meine Beine gehorchen mir nicht.«

Toni zog den abgewetzten Ledersessel näher an den von Carriere. Er nahm Platz. Die beiden Schauspieler saßen sich Knie an Knie gegenüber. Der Ältere wartete, bis der Jüngere das Gespräch eröffnete, indem er ihn durchdringend ansah und seine Meinung kundtat:

»Es ist nicht in Ordnung, wie man mit Ihnen umspringt. Sie sollten wissen, dass ich Sie immer bewundert habe.«

Die offenen Worte des jungen Nachwuchstalents erfreuten Carriere. Sofort fühlte er sich besser. Hatte er doch die ganzen letzten Drehtage gemutmaßt, dass Toni Camera mit dem Regisseur unter einer Decke steckte. Dabei schien es so, als ob es dem jungen Mann unangenehm war, als Kontrahent zu ihm positioniert zu sein.

»So haben Sie das? Davon habe ich bisher nichts gemerkt«, erklärte Carriere mit einem spöttischen Lächeln.

»Versetzen Sie sich in meine Lage. Das ist mein erster großer Film. Da sollte man den Ansagen des Regisseurs folgen und nicht rummeckern. Aber gerade eben wurde es mir zu bunt. Antune wollte sie vorführen, dessen bin ich mir sicher. Mir war klar, dass Sie in Ihrem Alter keine Kletterpartien in große Höhen unternehmen können.«

Das offen dargelegte Verständnis besänftigte René Carriere. Jedoch sah er momentan keinen Ausweg aus seiner Situation. Deshalb nutzte er die Gelegenheit, um mehr über die Absichten des Regisseurs in Erfahrung zu bringen. Toni

Camera schien nicht eingeweiht zu sein. Er reagierte erschrocken.

»Meinen Sie wirklich, dass die Produktionsfirma Sie loswerden will und ich Ihre Serie fortsetzen soll?«

Entweder war der junge Mann naiv oder komplett unerfahren. Wahrscheinlich beides, dachte Carriere, nachdem er ihm klargemacht hatte, wie hart es in der Filmbranche zuging und dass es so gut wie keine Loyalität gab. Was zählte, waren ausschließlich die Zuschauerzahlen und die Einspielergebnisse eines Films.

»Schauen wir den Tatsachen ins Auge. Die Zuschauer sehen in mir den findigen Detektiv Petit. Einen Charakter, der alters- und zeitlos erscheint. Doch weit gefehlt! Meine Figur ist in die Jahre gekommen. Sie passt nicht mehr in die heutige Zeit. Es zählen andere Werte. Die kleinen grauen Zellen des Detektivs werden durch Action, Glamour und Charaktere mit Ecken und Kanten ersetzt. James Bond fliegt ins All. Neue Ermittler locken die Zuschauer vom Kino ins Fernsehen. Meistens stammen sie aus US-amerikanischen Produktionen. Serien wie *Kojak, Columbo* oder *die Straßen von San Francisco* liegen in der Publikumsgunst vorne. Wer will da einem asthmatischen, fettleibigen und trägen Detektiv bei der Arbeit zuschauen, in dessen Fällen blasierte Adelige zu Tode kommen?«

»Jetzt übertreiben Sie aber! Ich sehe nicht ganz so schwarz. Man kann aus Petit viel mehr herausholen. Sie haben Charme, Humor und einen messerscharfen Verstand. Sie begeistern jung und alt. Das war schon immer so. Und warum sollte es in einem Petit-Film kein Verfolgungsrennen mit schnellen Sportwagen geben? Oder eine Verbrecherjagd über den Dächern von London oder Paris? Für solche Szenen bin ich zuständig. Sie schicken mich vor. Ich stelle die Bösewichte für Sie. Dann treten Sie in Erscheinung. Nehmen die Verdächtigen in die Mangel und lösen den Fall souverän mit Bravour. Der erfahrene Fabrice Petit und der schlagfertige Pascal Midote. Das neue Erfolgsduo!«

»Schön wäre es!«, gestand René Carriere. »Ich befürchte, ich bin generell zu alt. In letzter Zeit macht mir meine Gesundheit zu schaffen.«

»Sind Sie krank? Haben Sie ein chronisches Leiden?«

Carriere war sich unsicher, ob er offen mit dem Kollegen über seinen Zustand sprechen sollte. So ganz traute er ihm nicht. Vielleicht war er ein Spitzel des Regisseurs und der Produktionsfirma, die herausfinden wollten, ob der alte Carriere mürbe war und aufgeben würde. Er entschied, dass dem nicht so war und gab unumwunden zu:

»Seit einigen Tagen leide ich unter Schwäche- und Schwindelanfällen, ich habe mich übergeben und Nasenbluten hatte ich auch. Insgesamt bin ich schlapp und antriebslos. Es scheint was Ernstes zu sein. Aber deshalb aufgeben?«

Der junge Schauspieler rückte ein Stück näher zu seinem senioren Kollegen. Er sprach leise und vertraulich.

»Könnte es sein, dass da ein Komplott gegen Sie läuft? Innerhalb der Filmcrew wird getuschelt. Da ist meistens ja was Wahres dran.«

Vermutet hatte René Carriere es schon eine ganze Weile. Es ausgesprochen zu hören, traf ihn trotzdem wie ein Faustschlag in den Magen.

»Wenn dem so ist, macht es mich fassungslos. Warum tun Menschen das?«, fragte er mehr sich selbst als seinen jungen Filmpartner.

»Vielleicht, weil die in irgendeiner Art und Weise davon profitieren? Das ist nur eine Vermutung von mir.«

»Toni, ich darf Sie doch so nennen? Wie soll ich mich Ihrer Meinung nach verhalten? Alles hinnehmen? Oder weiter gegen die Spielchen des Regisseurs ankämpfen?«

Zwischen den beiden war im Laufe ihres Gesprächs eine gewisse Vertrautheit entstanden. Toni Camera kam René Carriere noch näher und flüsterte, denn vor dem Garderobenwagen der Maskenbildnerin hörten sie einige Leute der Filmcrew, die dort auf den nächste Filmaufnahme warteten.

»Bisher ging es nur um Textänderungen. Heute kam eine neue anspruchsvolle Handlung hinzu, die viel von Ihnen abverlangt hat. Ich finde, Sie sollten offen mit Didier Antune reden. Ihm klarmachen, dass Sie riskante Szenen und Manöver aus gesundheitlichen Gründen nicht spielen können. Wir werden sehen, ob er einlenkt oder auf den Drehbuchänderungen besteht. Ich befürchte Letzteres.«

Carrieres Angstschweiß war mittlerweile getrocknet. Er fühlte sich besser in seinem voluminösen Körper.

»Das befürchte ich auch. Dennoch werde ich es mir überlegen. Zuerst einmal sollten wir diesen Drehtag hinter uns bringen. Ich rede dann morgen früh gleich mit ihm. Und jetzt begeben Sie sich bitte zurück an das Set. Ich gehe davon aus, dass die anderen schon bemerkt haben, dass wir uns hier hinter verschlossener Tür unterhalten.«

»Die Leute reden gern. Aber das ist mir egal«, verkündete Toni selbstbewusst.

Carriere tätschelte die Schulter seines jungen Kollegen.

»Das ist die richtige Einstellung, die man sich nur leisten kann, wenn man ein gefragter Schauspieler ist. Ansonsten hat man zu funktionieren und das auszuführen, was der Regisseur von einem will. Basta.«

Toni Camera erhob sich, griff zur Türklinke, die er nicht herunterdrückte. Bevor er ging, bat er René Carriere:

»Sie geben mir Bescheid, wie Ihr Gespräch mit Didier Antune lief. Ich will wissen, auf was ich mich einstellen muss.«

Carriere drehte sich nicht um. Er nickte in den Spiegel vor sich. Darin beobachtete er, wie Toni Camera den Garderobenwagen verließ.

Es sollte die erste und zugleich letzte Unterredung zwischen den Beiden gewesen sein.

Carriere sah in sein fahles aufgequollenes Gesicht. Er sprach laut zu sich:

»Schau dich an! Du bist ein Wrack. Wie sollst du dich wehren, wenn dir die Kraft dazu fehlt?«

Verzweiflung machte sich in seinem Bewusstsein und dann in seinem Körper breit. Er atmete kurz und hektisch. Erneut wurde ihm übel. Er schaffte es gerade noch so zu der seitlich von ihm eingebauten Toilette und übergab sich. Mit dem Erbrochenen wich die letzte Energie aus seinem Körper. Wie sollte er den Nachmittag überstehen? Er wusste es nicht.

Chapitre sept

Ein paar Tage vor Drehbeginn. Cannes, in einer Suite im Carlton.

Seine Nervosität stieg von Minute zu Minute. René Carrieres Fortune schien ihn zu verlassen. *Was hatte er da nur in Gang gesetzt? Hatte er seine Position der Stärke überschätzt? Würden sie ihn reinlegen? Oder war das ein abgekartetes Spiel und er das Bauernopfer?* Er saß kurz vor seinem Treffen mit den Arabern ohne Ware da. Ihm war klar, wie sie reagieren würden. Sie würden sich an ihm rächen. Er hatte von perfiden Methoden gehört, die er sich nicht vorstellen wollte. All die Jahre, in denen er Vertrauen zu seinen Abnehmern aufgebaut hatte, schienen nicht mehr zu zählen.

Was sollte er tun? Welche Möglichkeiten blieben ihm so kurz vor der geplanten Übergabe?

Er entschied sich, sie zu beschwichtigen. Es gäbe Lieferverzögerungen. Sie müssten sich nur ein paar Tage gedulden. Dann würde er die Ware übergeben können. Er sagte sich, dass er Schauspieler sei. Er müsse nur die Rolle, die er seit Jahren spielte, konsequent durchhalten. Der belgische Gentlemangauner mit besten Verbindungen in die Unterwelt. Das Doppelleben, das er führte, war die perfekte Tarnung. Nie hatte es irgendeinen Verdacht gegeben, wie er den Großteil seines Vermögens angesammelt hatte. Ein Kinofilm pro Jahr, in dem er den Detektiv Fabrice Petit spielte, deckte nicht annähernd seine horrenden Ausgaben und den luxuriösen Lebensstil seiner Frau. Er hatte es ihr nie gebeichtet. Die

Filmrolle hatte zu seiner Popularität beigetragen. Die geheime Tätigkeit als Mittelsmann finanzierte ihre Existenz als Glamourpaar, das in einer Luxusvilla in *Mougins* residierte. Die Tage und Wochenenden, die er unterwegs war, begründete er ihr gegenüber mit seinem Engagement für die Filmproduktion. Er erfand junge Schauspieltalente, die er traf und förderte. Oder er rief seine Gattin von nicht existenten Konferenzen an, bei denen er zugegen sein musste. Stattdessen wartete er in zugigen Baracken an der österreichischen Grenze zu Ungarn auf eine Sendung, von der er nur wusste, dass sie entweder gefährlich oder äußerst wertvoll war. Oft traf beides zu. Für den Inhalt hatte er sich nicht zu interessieren. Sein Auftrag war es, das Paket in *Cannes* sicher zu übergeben und den Koffer mit dem Bargeld in Empfang zu nehmen. Eigentlich eine leichte Aufgabe. Wäre da nicht die Ahnung, dass Menschen deshalb unterdrückt wurden oder vielleicht sogar starben. Er war ein Bote des Teufels. Dafür hasste er sich. Verabscheute seinen Fehler, nie die ihm gebotene Chance ergriffen zu haben, eine Hauptrolle in einem Hollywoodfilm zu übernehmen. Er versteckte sich lieber hinter der Maske von Fabrice Petit. Einem Detektiv, der sich in den ganzen Jahren nicht weiterentwickelt hatte. Der nach dem immer gleichen Schema ermittelte. Mit den immer gleichen Dialogen. Und der immer gleichen Dramaturgie. Oft hatte er sich gefragt, warum die Zuschauer ihn liebten? Warum sie jedes Jahr aufs Neue Petit-Krimis sehen wollten? Vielleicht war es ein lieb gewonnenes Ritual für sie? Der Inhalt der Filme war dabei gar nicht so wichtig. Mehr das Format. Und die Art und Weise der Darbietung. So wie man in die Kirche ging und einem vorher schon klar war, was einen erwartete. Genauso erging es den Leuten mit den

Krimis, in denen er spielte. Sie waren vorhersehbar. Der Zuschauer wusste spätestens nach der Hälfte, wer der Mörder war. Es ging nur darum, zu erleben, wie er, Petit, den Fall löste und den Täter zur Strecke brachte.

Ein Kritiker hatte beim letzten Film die Überschrift verfasst: *Biedere Hausmannskost statt Haute Cuisine.* Eine treffende Beschreibung, wie René Carriere fand.

Er hing seinen Gedanken nach und nippte an seinem *Cognac*, den er in der sündhaft teuren Suite im Hotel *Carlton* zu sich nahm. In wenigen Minuten würden die Abgesandten des Scheichs an seine Tür klopfen. Sie würden freundlich lächeln. Er würde ihnen einen Tee anbieten. Ein kurzer Smalltalk würde folgen. Dann würde es still werden, denn er hatte nicht das zu bieten, weshalb sie zu ihm gekommen waren. Ihm war klar, dass sie keine Entschuldigung akzeptieren würden. Es ging einzig und allein um das Paket. Ein Paket, von dem er nicht wusste, was es enthielt. Das machte die Sache für ihn umso schwerer. Er kam sich ohnmächtig und dumm vor. Zu gerne wäre er auf mögliche Fragen vorbereitet. Er konnte ihren Ärger nur hinnehmen. Die folgende Drohung musste er ernst nehmen. Sechs Wochen gaben sie ihm. Es war nicht nötig, dass sie ihn mit einer Waffe bedrohten. Sie verließen wortlos die Suite. Ihm war klar, dass er es nicht überleben würde, falls sie nicht das bekamen, was sie bestellt hatten, von dem er nicht wusste, was es war.

Irgendwie musste er zu denen, die ihn belieferten, Kontakt aufnehmen. Bisher war es umgekehrt gelaufen. Er hatte von den Unbekannten verschlüsselte Botschaften erhalten. Sie hatten ihn stets an einem anderen Ort und in einer anderen Situation kontaktiert. Es war völlig unberechenbar. Er war jedes Mal davon überrascht. Bei längeren Pausen hoffte er, sie hätten ihn vergessen. Doch dem war nicht so.

Wie sollte er sie kontaktieren?

Er hatte keine Telefonnummer. Keine Adresse. Keinen Namen. Vor vielen Jahren war er in *Rom* angeworben worden. Er war dort gewesen, um sich von seinem ersten Petit-Filmdreh zu erholen. Ein Mann in einer Bar hatte ihn angesprochen. Das Gespräch hatte sein Leben nachhaltig verändert. Ab der ersten Mission, die er übernommen hatte, war es um ihn geschehen. Das viele Geld hatte ihn geködert. Die Abhängigkeit und Erpressbarkeit, auf die er sich eingelassen hatte, nagte an ihm. Der Schauspieler René Carriere war zu einem Handlanger seiner anonymen Auftraggeber geworden. Nach und nach hatte er realisiert – es gab für ihn kein Entkommen. Auf ewig.

Chapitre huit

Hôtel des Orangers am Abend des 5. September 1978

Sie saßen bei einem perfekt gekühlten Glas Rosé und einer Schale in *Herbes de Provence* eingelegten Oliven an der Bar des familiären Hotels oberhalb der Altstadt von *Cannes*. Lucie hatte Marc über ihre Gespräche mit dem Regisseur Didier Antune und dem Kameramann Phillip Moulin informiert. Gerade war sie dabei auf die Einschätzung der Maskenbildnerin bezüglich des Zustands von René Carriere einzugehen. Sie kam nicht dazu, denn ihr neuer Kollege wurde von seiner Mutter ans Telefon gerufen. Sie beobachtete ihn, wie er italienisch sprechend und wild gestikulierend telefonierte. Viel verstand sie nicht. Sie hörte nur oft den Namen Pietro Mauro. Sein Gespräch dauerte eine Weile. Lucie ließ ihre Gedanken schweifen.

Sie fragte sich, was für ein Typ und Charakter René Carriere gewesen war. Leidenschaftlicher Schauspieler? Ambitionierter Teilhaber einer Filmproduktion? Eitler und geltungssüchtiger Star? Ausgebuffter Geschäftsmann? Oder, wie es seine Maskenbildnerin mutmaßte, ein hoch verschuldeter Spieler? Sie überlegte, ob er all das zusammen gewesen war. Und darüber hinaus ein übergewichtiger, kranker Mann? Möglich wäre es. Nur welche dieser Rollen hatte dazu geführt, dass er Opfer eines Mordes wurde? Sie hatte schon erlebt, dass der Tod eines Menschen die Verkettung von misslichen Umständen war. Eines kam zum anderen. Der Täter hatte vorgehabt, seinen Widersacher zu warnen, einen Schrecken einzujagen. Doch die Situation und die Gegebenheiten hatten dazu geführt, dass ein Mord daraus wurde. Ein tragischer Schlag des Schicksals. Für Täter und Opfer. Im Fall von René Carriere könnte sein labiler Gesundheitszustand das Ableben beschleunigt haben. Trotzdem zählte die Absicht, ihn zu schädigen, bei der Beurteilung der Schwere der Tat. Deshalb musste sein Mörder eine gerechte Strafe erhalten.

Wer kam dafür infrage?

Aus der aktuellen Sicht verdächtigte sie Pietro Mauro. Wobei Lucie annahm, dass er sich nicht die Hände schmutzig machen würde. Das taten andere für ihn. Sie war ihm zwar nur kurz begegnet, doch das reichte aus, um festzustellen, dass er ein typischer Chef war, der Befehle an seine Leute erteilte. Er blieb im Hintergrund. Ihm war nur sehr schwer etwas nachzuweisen.

Infrage kam auch der Regisseur – Didier Antune. Ein völlig anderer Typ. Offensichtlich hochkreativ. Aber auch hinterhältig. Lucie hatte im Laufe der Jahre einige Künstlertypen kennengelernt. Ihre Exaltiertheit und äußerliche Erscheinung waren oft nur Fassade. Im Grunde waren sie konservativ. Nicht im klassischen Sinne, sondern in ihrer Art, die Welt zu sehen und einzuordnen. Wichtig war Ihnen, dass sie sich vom Mainstream abgrenzten, etwas Extraordinäres verkörperten. Wobei dies oft aufgesetzt wirkte. Wer ihnen dabei in die Quere kam, wurde kategorisch abgelehnt oder bekämpft. Sie waren kompromisslose Charaktere. Als einen solchen schätzte sie den Regisseur ein. Der Kameramann war sein Jünger. Ein Abhängiger, der das filmisch einfing, was ihm Antune vorgab.

Blieb noch Carrieres Frau – Mathilde. Lucie schloss sie als Täterin aus. Durch sie hatte die *Commissaire* die Fährte aufgenommen. *Traf sie eine Mitschuld am Tod ihres Mannes?*

Wenn überhaupt, dann weil sie in all den Jahren das Interesse an seiner Arbeit als Schauspieler verloren hatte. Das könnte zum Problem geworden sein. Und ihre Beziehung belastet haben. Er war versessen auf Anerkennung. Lucie vermutete, dass ihm die Bewunderung seiner Frau mit am wichtigsten gewesen war. Gleichgültigkeit konnte das Verhältnis zueinander auf Dauer zersetzen. Ein Gift, das viele Ehen zum Scheitern brachte. Eventuell kam seine Fettleibigkeit davon? Ein Star, der sich unverstanden und ungeliebt fühlte? Den Kummer in sich hineinfraß. Für einen Moment flackerte ein Bild vor ihrem inneren Auge auf. Sie sah Mathilde Carriere, wie sie sich bei einem attraktiven galant aussehenden Gentleman unterhakte und mit ihm das *Carlton* verließ. Hatte sie ihren Mann seit Jahren betrogen? Nachvollziehbar wäre es. Er hatte sie zu oft alleine gelassen.

»Lucie? Ich sitze schon eine Weile hier. Du warst völlig weggetreten. Ich habe Neuigkeiten für uns«, verkündete Marc euphorisch.

Sie hatte ihn tatsächlich nicht bemerkt, so war sie in Gedanken versunken.

»Entschuldige, ich habe nachgedacht. Da kriege ich nichts mit. Was gibt es denn? Ich habe gehört, dass du Pietro Mauro erwähnt hast. Konntest du etwas über ihn in Erfahrung bringen?«

Marcs Augen leuchteten.

»Und ob. Ich habe einen direkten Draht zu einem Jugendfreund von mir genutzt. Er arbeitet bei *La Repubblica*. Einer seit zwei Jahren erscheinenden Tageszeitung. In ihrem Archiv sind einige Artikel über den römischen Unternehmer zu finden. Er gilt als äußerst skrupellos in seinem Geschäftsgebaren und wie er mit seinen Mitarbeitern umgeht. Obendrein ist er stockkonservativ, besitzt die unterschiedlichsten Beteiligungen an diversen Firmen. Wie er zu seinem Startvermögen gekommen ist, konnten selbst die Wirtschaftsreporter der Tageszeitung nicht herausfinden. Er stammt ursprünglich aus einer armen Familie. Sein Vater hatte einen Gemüseladen in einem Stadtteil Roms. Es wird vermutet, dass sein Sohn in jungen Jahren sein Geld mit Drogengeschäften und Pkw-Handel verdient hat. Und er es nun durch den Kauf von Firmenanteilen reinwäscht. «

Lucie hatte aufmerksam zugehört. Sie kannte diese Methoden aus südfranzösischen Fällen. *Marseille* war ein beliebter Marktplatz für die Anbahnung illegaler Geschäfte. Doch Wirtschaftskriminalität gehörte nicht zu ihrem Aufgabengebiet. Sie fragte sich, ob der Italiener einen Auftragsmord riskieren und damit seine Investitionen gefährden würde.

»Marc? Wird der Mann deshalb zum Mörder eines Schauspielers? Er mag ihm bei *La Lumière* im Weg sein und seine Pläne mit der Filmproduktion durchkreuzen, doch ich denke nicht, dass er etwas mit Carrieres Tod zu tun hat.«, erklärte die *Commissaire,* obwohl sie den Italiener auch verdächtigte.

Der junge *Commissaire* grinste schief.

»Warte mal, ich habe dir noch nicht alles berichtet. In einem Interview lässt er durchblicken, was er mit *La Lumière* vorhat. Er will die Firma an die Börse bringen.«

Lucie verstand nicht ganz, was das mit dem möglichen Mord an René Carriere zu tun haben könnte.

»Und?«

»Carriere besaß zwar nur einen geringen Anteil an der Firma, doch diese 5% können nach einem erfolgreichen Börsengang zu mehreren Millionen *Francs* werden. Damit hätte sich Carrieres Beteiligung mehr als nur gelohnt.«

»Ah! Gehen die Anteile an seine Frau über, falls sie seine Erbin ist?«, wollte Lucie konsequenterweise wissen.

»Das habe ich mich auch gefragt. Die Antwort lautet: nicht unbedingt. Es kommt auf den Vertrag an, den er mit *La Lumière* abgeschlossen hat. Ich gehe davon aus, dass sie mit seinem Ableben verfallen. Möglicherweise werden sie dann den restlichen Anteilseignern zum Kauf angeboten.«

Lucie musste nicht lange nachrechnen, um die nächste, entscheidende Frage zu stellen:

»Pietro Mauro ist Hauptanteilseigner. Weißt du, wie hoch seine Beteiligung ist?«

Er grinste sie breit an.

»49%. Was bedeutet, wenn Pietro Mauro, wovon auszugehen ist, die 5% von René Carriere übernimmt, wird er nach dem Börsengang Mehrheitsaktionär und kann alleine entscheiden. Die weiteren Eigner haben keine Chance, ihn zu überstimmen.«

Lucie resümierte laut:

»Er ist somit Besitzer und Lenker von *La Lumière*. Hat das alleinige Sagen.«

Marc nickte und ergänzte:

»Ich gehe davon aus, dass circa 20% der Anteile in Streubesitz übergehen. Warum sonst sollte er einen Börsengang planen. Werden die Aktien des Unternehmens emittiert, kann jeder, der ein Aktiendepot bei einer Bank besitzt, sie zum angebotenen Kurs erwerben. Das eingenommene Geld fließt in die Kasse von *La Lumière* ...«

Lucies Neugier war endgültig geweckt.

»Kann Pietro Mauro es einstecken und die Firma aushungern?«

Als Reaktion folgte heftiges Kopfschütteln von ihrem neuen Kollegen.

»Das ist strengstens untersagt. Jeder größere Verkauf von Aktienpaketen nach dem Börsengang muss von der Aufsichtsbehörde freigegeben werden. Als Hauptaktionär darf er in den ersten Jahren nur kleine Pakete veräußern, wenn überhaupt.«

»Dann wird er auf dem Papier reich und kann sein Vermögen erst nach Jahren kapitalisieren?«

»So ist es. Ich drücke es anders aus. Sein Ego ist befriedigt. Er kann sagen, er sei Hauptinvestor von *La Lumière* und Förderer der Branche. Wenn sein Handeln erfolgreich ist und die Aktien des Unternehmens steigen, könnte er in Zukunft andere an der Börse gehandelte Filmproduktionen kaufen und so seine Marktmacht ausbauen.«

Lucie kam zu dem Schluss:

»Dann wird sein Einstieg bei *La Lumière* der Beginn seiner Karriere als Filmmogul?«

»Das wäre gut möglich. Und aus dem ehemals mit dreckigem Geld aufgebauten Vermögen hat er eine gesellschaftlich anerkannte Unternehmensgruppe geformt. Er ist in der oberen Gesellschaftsschicht angekommen. Eine steile Karriere für den Sohn eines Gemüsehändlers.«

Lucie applaudierte.

»Bravo! Sehr gut recherchiert und analysiert, Marc.«

Ihr neuer Kollege errötete.

»Es war nicht so schwierig. Man muss nur wissen, wo man sucht und wen man fragt. Mein Börsenwissen habe ich mir privat angeeignet. Ich besitze ein paar Aktien.«

»Ambitioniert, *Monsieur* Pianetti. Hast du was bezüglich der Exhumierung erreichen können?«

Auch hierbei enttäuschte Marc Lucie nicht.

»Ich habe alle Räder in Bewegung gesetzt. Er wird morgen ausgegraben und nach Toulon gefahren. *Docteur* Honfleur ist bereits informiert.«

»*Bon*. Dann haben wir uns ein Abendessen verdient. Ich lade dich ein. Wo gehen wir hin?«

»Die schmale Straße hinunter in Richtung Hafen. Dort reiht sich ein Restaurant an das andere. Du hast die freie Wahl.«

»Ich mag es gut bürgerlich. Nichts Abgedrehtes.«

Er stand auf und schien bereit, aufzubrechen.

»Dann weiß ich, wo wir hingehen. Möchtest du dich frisch machen? Ich warte so lange hier unten auf dich.«

»Gib mir zehn Minuten. Ich beeile mich.«

Lucie verschwand in ihrem Zimmer. Marc blieb zufrieden zurück. Er ahnte nicht, was er mit seiner Recherche bei *La Repubblica* angerichtet hatte.

Chapitre neuf

*Kurz vor Drehbeginn des neuen Petit-Krimis, Cannes,
in der Villa der Carrieres*

Wie üblich packte Mathilde, René Carrieres Frau, seinen
Koffer für die Reise nach England zu den *Pinewood Studios*.
Sie überprüfte seine Hemden, damit sich ja kein Fleck
durchgemogelt haben konnte. Sie glättete die Anzugjacken
und Hosen für seinen gepflegten Auftritt. Beim letzten
Jackett, das von ihr in dem voluminösen Lederkoffer
zusammengelegt wurde, spürte sie etwas in der oberen
Innentasche. Sie wunderte sich, denn normalerweise war ihr
Gatte äußerst penibel im Umgang mit seinen persönlichen
Sachen. Er verwahrte sie in einer abgeschlossenen Schublade
seines Schreibtisches. All die Jahre hatte er ihr nie Einblick in
seine Lederetuis, Notizen oder Korrespondenz erlaubt. Jetzt
bot sich ihr die Gelegenheit, in die Brieftasche hineinzusehen.

Mit spitzen Fingern zog sie das krokolederne Teil heraus,
öffnete es, dabei kamen gleich mehrere Tickets zum
Vorschein. Sie breitete sie vor sich auf der Bettdecke aus und
erkannte schnell, dass es sich um die Zugverbindung von
Cannes nach *Wien* handelte. Dazu kamen weitere
Fahrscheine, meistens ein oder zwei Tage später von *Wien*
nach *Neusiedl am See*. Ihr fielen auch einige
Hotelrechnungen aus den beiden Orten auf. Sie las, dass er
ein Einzelzimmer gebucht und bezahlt hatte.

Erleichtert atmete sie auf, denn sie hatte sich ausgemalt,
wie ihr über siebzigjähriger Gatte entspannte Tage mit einer

weitaus jüngeren Frau oder einem Flittchen verbrachte. Danach sah es nicht aus. *Aber wonach sonst?*, fragte sie sich.

Um nicht von ihm bei ihrer Tat entdeckt zu werden, packte sie alles wieder in die Brieftasche und legte das Sakko oben auf die anderen Kleider. Als sie den Kofferdeckel schloss, schreckte sie auf. Ihr Mann hatte seine Hände, ohne dass sie sein Hereinkommen bemerkt hatte, auf ihre Schultern gelegt. Arglos sprach er das aus, was sie eben gedacht hatte:

»Du schnüffelst doch nicht in meinen Sachen herum, meine Liebe?«

Ruckartig drehte sie sich zu ihm um. Dabei bewegte sie sich an seinem voluminösen Bauch vorbei. Seine Hände rutschten von ihren Schultern, die er zuvor angefasst hatte. Und landeten auf ihrem dicken Busen, der in einer zu engen Bluse steckte. Er umfasste ihre Rundungen und massierte sie nachdrücklich. Sie sah ihn an und ging dabei auf seine Frage ein.

»Wie üblich habe ich deine Kleider eingepackt. Wenn du das schnüffeln nennst ...?«

Er sah sie mit rotem Gesicht mit einer Mischung aus Verärgerung und Mitleid an.

»Leugne es nicht. Ich habe dich beobachtet. Du hast mich nicht kommen gehört, während du mit dem Inhalt meiner Brieftasche beschäftigt warst.«

Mathildes Gesichtsfarbe wechselte von kalkweiß zu dunkelrot.

»Sie ist mir zufällig in die Hände gefallen. Aber sag, was machst du so oft in *Wien* und warum fährst du an die ungarische Grenze? Soweit ich mich erinnern kann, wolltest du in der angegebenen Zeit in *Rom* anlässlich einer Konferenz sein.«

Sie hatte den Spieß umgedreht. Nun wirkte er verlegen. Mit einem Räuspern und einer belegten Stimme gestand er:

»Ich hatte geschäftlich dort zu tun. Meine Gesprächspartner stammen zum Teil aus dem Ostblock.«

Sie sah ihn verständnislos an.

»Wieso lügst du mich an? Da steckt doch mehr dahinter?«

Sie sah ihm an, dass er kurz davor war, dichtzumachen. Mit versteinerter Miene antwortete er:

»Es gibt Dinge, über die rede ich nicht. Respektiere das.«

Sie hatte nicht vor, klein beizugeben.

»So wie über deine Verabredungen mit jungen Schauspielerinnen, die dich zu Filmpremieren begleiten? Glaubst du, deine Eskapaden verletzen mich nicht?«

Nun wusste er, woher der Wind wehte. Sie war eifersüchtig. Erleichtert gab er ihr einen unerwarteten Kuss auf die Stirn.

»Das sind Promotionsveranstaltungen, die ich wahrnehmen muss, um meiner Popularität gerecht zu werden. Das Publikum erwartet meine Präsenz.«

»Deine ja. Auch die deiner Begleiterinnen? Blond, drall, billig?«

»Jetzt hör aber auf, Mathilde! Das sind junge Dinger, die wir fördern. Einige von ihnen sind heute Filmstars. Sie treten nicht nur mit mir ins Rampenlicht. Ihre Schönheit an meiner Seite sorgt dafür, dass ein alter Hase wie ich in die Promispalten der Klatschpresse kommt. Wenn ich alleine vor die Kameras der Presse treten würde ...«

Sie stemmte ihre Hände in die Hüften und zeterte:

»Hast du mal daran gedacht, dass du verheiratet bist? Deine Frau ist keine Unbekannte. Mit mir an deiner Seite würdest du nicht wie ein alter Trottel aussehen, bei dem sich die Leute fragen, was er mit dem jungen Ding will.«

Die Diskussion nervte Carriere. Er hatte vor, sie ein für alle Mal zu beenden.

»Ich habe nichts mit der Auswahl meiner Begleiterinnen zu tun. Die Produktionsgesellschaft stellt die Damen zur Verfügung. So sorgen sie dafür, dass sie eine gewisse Bekanntheit erlangen, bevor sie eine Nebenrolle in einem Film erhalten. Ist das für dich nachvollziehbar?«

Mathilde beruhigte sich etwas.

»Nachvollziehbar ja. Tolerierbar nein. Sage du mir, was ich dir noch glauben soll? In *Rom* warst du nicht. Stattdessen treibst du dich irgendwo in *Österreich* herum. Angeblich geschäftlich. Ich dachte, du bist Schauspieler! Welche Art von Geschäften machst du? Heraus mit der Sprache!«

Sie ließ nicht locker.

»Du willst es nicht anders, Mathilde. Legst es darauf an, dass wir uns kurz vor meiner Abreise entzweien. Wie lange sind wir verheiratet?«

Ihre Antwort kam wie aus der Pistole geschossen.

»Zweiunddreißig Jahre am 7. August diesen Jahres. Wenn du es genau wissen willst.«

Er holte weit aus, um sie zu besänftigen.

»In all den zurückliegenden Jahren warst du keinerlei finanziellen Beschränkungen ausgesetzt. Du konntest deine Hobbys ausüben und deinen Leidenschaften nachgehen. Denk mal nach! Meinst du diese Villa, der *Bentley* vor der Tür, dein übervoller Kleiderschrank und die üppig gefüllte Schmuckschatulle sind möglich geworden, weil ich seit einundzwanzig Filmen Fabrice Petit spiele?«

Sie zuckte mit den Schultern.

»Du bist an *La Lumière* beteiligt.«

»Pah! Die Produktionsfirma ist hoch verschuldet. Da sehe ich erst einmal keinen Penny.«

»Du schockst mich, René!«

Er zeigte kein Mitleid.

»Ein Schock kann heilsam sein«, stellte er fest.

»Ich weiß nicht. Bei mir bleibt ein ungutes Gefühl. Aber du musst wissen, was du tust. Komme später nicht zu mir, wenn du scheiterst. Ich habe kein Verständnis dafür«, erklärte sie hartherzig.

Aus seiner Sicht hatte er sich mehr als genug gegenüber seiner neugierigen Frau geöffnet. Er hatte versucht, ihr seine Situation begreiflich zu machen. Ihre Reaktion verletzte ihn.

»Warum bist du so? Ich habe das für uns getan. Lass mich machen. Vertraue mir. Morgen fahre ich nach *London* für sechs Wochen. Ein anstrengender Filmdreh steht bevor, bei dem alles von mir abverlangt wird. Ich habe keine Lust, mich im Streit von dir zu verabschieden.«

Für Mathilde waren seine Geständnisse zu frisch, um ihn einfach so davonkommen zu lassen. Sie blieb stur.

»Nutze die Zeit, um über uns nachzudenken. Zu einer Ehe gehört es, zu teilen. Auch mitzuteilen, was einen beschäftigt oder was man tut. Du hast dich abgeschottet. Hütest Geheimnisse vor mir. Das bin ich nicht mehr zu tolerieren bereit.«

Sie schloss die beiden Schnallen des Koffers, hob ihn vom Bett und stellte ihn vor seine Füße.

»Hier ist dein Gepäck. Ich wünsche dir eine angenehme Reise. Wenn du zurück bist, reden wir weiter. Mehr habe ich momentan nicht zu sagen.«

Das waren klare Worte. René Carriere hatte seine Frau unterschätzt. Sie gab ihm gehörig kontra.

»Wie du meinst. Dann werde ich mal meine restlichen Sachen packen. Ich nehme den letzten Flug nach *Paris*. Von dort geht es am folgenden Morgen nach *London*, falls es dich interessiert. Du erreichst mich im *Montgomery-Hotel*. Meistens aber erst am späten Abend.«

Sie wendete sich von ihm ab und verließ ohne ein weiteres Wort sein Schlafzimmer. Es sollte das letzte Mal sein, dass das Ehepaar Carriere miteinander redete und sich sah.

Chapitre dix

*In der Villa der Carrieres, 6. September 1978, am
frühen Morgen*

Mathilde Carriere ließ der Gedanke nicht los, dass ihr Mann
seine Geschäfte vor ihr verheimlicht hatte. Sein Tod
ermöglichte ihr nun, nachdem die erste Trauer verflogen war,
Nachforschungen anzustellen. Am Frühstückstisch sitzend,
einen starken Kaffee vor sich und ein Butterhörnchen kauend,
grübelte sie, ob sie das Versäumte nachholen sollte.
Belastete sie damit ihren Gatten?

Sie wollte unbedingt, dass sein guter Ruf auch nach seinem
Tod bestehen blieb. Krumme Geschäfte gehörten nicht dazu.
Seine Reisen an die ungarische Grenze könnten diesem Zweck
gedient haben. Was er dort erledigt haben könnte, passte
nicht zu dem Mann, den sie gekannt hatte. Um mehr über
seine geheime Seite herauszufinden, musste sie seinen Safe
öffnen. Dessen war sie sich sicher. Dort verwahrte er, so
nahm sie an, all das, was er ihr verheimlicht hatte. Es
handelte sich um einen recht großen Wandsafe mit einem
Nummernschloss. Die entscheidende Frage, die sie
beschäftigte, war:

Wo konnte er die Zahlenkombination notiert haben? Sie
vermutete sie in seiner Schreibtischschublade.

Hastig kaute und schluckte sie den Rest des Hörnchens
herunter und trank schwarzen Kaffee dazu. Sie frühstückte
nie viel. Als sie sich erhob, hörte sie ihre Hausangestellte in
der Küche die Spülmaschine ausräumen. Audrey war sicher
noch eine Weile damit beschäftigt. Mathilde wollte möglichst

ungestört seinen Schreibtisch öffnen, um nach der Niederschrift der Zahlenkombination zu suchen. Den Schlüssel zur Schublade vermutete sie an seinem Schlüsselbund, den sie nach dem Rücktransport seiner Leiche aus England erhalten hatte. Er hing am Schlüsselbrett im Flur. Während sie ihn holte, kam sie sich wie eine Diebin vor.

In seinem Arbeitszimmer angekommen, plumpste sie in den ausgesessenen Ledersessel. Seine über 130kg hatten dort einen nachhaltigen Eindruck hinterlassen. Nach einigem Probieren fand sie den passenden Schlüssel und zog die Schreibtischschublade zu sich. Darin herrschte penible Ordnung. Es gab einen Ordner auf dem ‚Verträge' geschrieben stand. Darunter einen Weiteren mit der Beschriftung ‚Rechnungen'. Ansonsten fand sie eine Sammlung mit Szenenfotos seiner Filme, Kinokarten der Premieren und Utensilien, die sie teilweise aus den Petit-Krimis kannte. Was fehlte, war ein Notizheft oder ein kleines Büchlein, das sie eigentlich darin vermutet hatte und in dem er seine wichtigen Nummern und Adressen aufgeschrieben hatte.

Enttäuscht wollte sie bereits die Schublade wieder schließen. Einer Eingebung folgend, griff sie mit ihrer rechten Hand bis in die hinteren Ecken. Dabei ertastete sie einen mit einem Klebeband befestigten Schlüssel, der sich leicht abziehen ließ. In der Hand haltend begutachtete sie ihn. Ihr war zuerst nicht klar, wozu er gehörte. Bei genauerem Betrachten fiel ihr Rost auf, der sich an ihm gebildet hatte. Er musste zu einem Schrank oder einer Truhe gehören, die in einer feuchten Umgebung stand.

Ihr dämmerte es, wo der Schlüssel passen könnte. Im Keller gab es eine alte Kommode, in der Schuhputzsachen und allerlei Krimskrams aufbewahrt wurden.

Sie sprang auf, rannte zurück in den Flur, lauschte nach Audrey, die noch immer in der Küche zugange war. Die Kellertür quietschte beim Öffnen. *Egal.* Mathilde war motiviert und von der Neugier gepackt.

Im Keller angekommen, probierte sie umgehend den Schlüssel in die Einzige mit einem Schloss versehene Schublade zu stecken. Er passte und ließ sich ohne Mühe drehen. Sie war erleichtert, zog die Lade auf und entdeckte mehrere Paar alte Schuhe. *Das durfte doch nicht wahr sein! Warum hatte er Schuhe weggeschlossen?*

Noch gab sie nicht auf. Nacheinander nahm sie die Stiefel heraus, griff in sie hinein und stellte sie anschließend auf den Boden. Beim letzten Paar erfühlte sie ein kleines, längliches Heft. Sie war fündig geworden! Es handelte sich um ein Oktavheft, wie es Schüler für das Notieren ihrer Hausaufgaben benutzten. Fieberhaft blätterte sie darin. Was sie las, verschreckte sie. Die Aufzeichnungen reichten über fünfzehn Jahre zurück. Sie starteten jeweils mit einem Datum. Meistens war notiert, dass ihr Mann einen Anruf erhalten oder jemanden getroffen hatte. Alle Eintragungen waren abgehakt und mit der Bemerkung ‚in Empfang genommen‘ versehen. In der folgenden Zeile las sie einen Namen und danach die Adresse eines Ortes in Europa. Darunter stand ein weiteres Datum, zu dem das Wort ‚Übergabe‘ notiert war. Die jeweils letzte Notiz war eine Summe in *Francs*, die ihren Atem stocken ließ. *Was hatte René übergeben, das solch hohe Zahlungen rechtfertigte?*

Sie war fast am Ende des Schreibheftes angelangt. Die letzten beiden Eintragungen waren unvollständig. Bei der Ersten gab es keinen Haken und die Anmerkung ‚in Empfang genommen‘ fehlte. Es gab nur die Notiz eines Ortes und einen

Termin für eine Übergabe. Folgerichtig fehlte hier die Bestätigung der ‚Übergabe‘. Sie vermutete, dass ein Treffen ohne die Aushändigung eines Objektes stattgefunden hatte. Auch der *Francs* Betrag fehlte. Seine finale Notiz löste die letzte Eintragung auf. ‚Sendung verspätet erhalten‘ war zu lesen. Danach folgten ausschließlich unbeschriebene Seiten.

Während der ganzen Zeit hatte sie mit dem Heft in der Hand vor der Kommode gestanden. Nun lehnte sie sich an diese an und begann erneut, Seite für Seite durchzublättern. Dabei entdeckte sie, dass eine der letzten Seiten herausgerissen worden war. Schließlich rechnete sie die Zahlungen, die in den Jahren zusammengekommen waren, zusammen. Sie kam auf die beträchtliche Summe von über zwei Millionen *Francs.* Langsam wurde ihr klar, dass es sich tatsächlich um den Handel mit illegalen Produkten oder Erzeugnissen gehandelt haben musste. Sie vermutete Drogen, gestohlenen Schmuck oder Staatsgeheimnisse. *War ihr Mann Helfer einer Diebesbande gewesen?,* schoss es ihr durch den Kopf.

Ihre Enthüllung ließ sie erschauern. Mit zitternden Händen legte sie das Heft auf der Kommode ab und nahm erneut das alte Paar Stiefel in die Hand. Sie ging mit ihnen unter die Glühbirne, die den Kellerraum spärlich erleuchtete. *Vielleicht gab es noch etwas, das ihr Mann darin versteckt hatte?*

Sie griff erst in den linken, dann in den rechten Schuh. Sie ertastete nichts. Fast hätte sie die halbhohen Stiefel schon weggelegt, da bemerkte sie eine Zahlenreihe, die innen am oberen Rand des Schaftes leicht verblasst zu lesen war.

21 – 30 – 12

Darunter stand in Klammern: (3 x l, 3 x r, 3 x l).

Ein ersticktes Jauchzen entwich ihrer Kehle. Da war sie, die Zahlenkombination für den Safe. *Um was sollte es sich sonst handeln?*

Sie nahm den rechten Stiefel und das Heftchen und rannte in sein Arbeitszimmer zurück. Vor lauter Aufregung ließ sie die Tür offen und ging direkt auf das Gemälde zu, hinter der sich der Wandsafe befand. Das Bild war mit einem Scharnier befestigt. Sie musste es nach rechts bewegen. Jetzt stand sie vor seinem Heiligtum. Wie oft hatte sie sich gewünscht, hineinsehen zu können. Endlich war es so weit.

Sie begutachtete die Spindel und die Zahlen, die rundherum an deren Rand notiert waren. Am äußeren Ring sah sie einen senkrechten Strich auf zwölf Uhr. Dabei handelte es sich wohl um die Markierung, zu der die Spindel mit der jeweiligen Zahl gedreht werden musste. Die drei Zahlen hatte sie vor sich. *Doch was bedeuteten die weiteren Anweisungen in Klammern?*

Nach kurzer Überlegung interpretierte sie 3 x l als dreimal nach links drehen und dementsprechend 3 x r als dreimal nach rechts drehen. Da es sich um drei Zahlenpaare handelte, wusste sie, was sie tun musste.

Hoch konzentriert führte sie die Drehbewegungen aus und stoppte an der jeweiligen Zahl auf der Höhe des senkrechten Strichs. Nachdem sie die 12 oben stehend, erreicht hatte, blockierte das Rad. *Hatte sie etwas falsch gemacht?* Die Tür sprang nicht wie erwartet auf. Erst jetzt bemerkte sie einen Hebel seitlich links von der Spindel. Intuitiv drückte sie ihn nach unten. Sofort ließ sich die Safetür öffnen.

Sie lobte sich selbst:

»*Bien joué!* Gut gemacht!«

Es wunderte sie wenig, ganze Geldbündel an *Francs*-Scheinen vor sich zu sehen. Der Safe war vollgepackt davon. Anscheinend hatte ihr Mann davor zurückgeschreckt, seinen illegalen Verdienst zur Bank zu bringen. Der restliche Inhalt passte zu dem angehäuften Reichtum. Es gab mehrere *Rolex* in Originalschatullen. In einer schwarzen, mit Leder bezogenen Kiste entdeckte sie Goldbarren. Neben ein paar dünnen Mappen war das Einzige, was augenscheinlich keinen Wert darstellte, ein unscheinbares Päckchen, welches im hinteren Eck des Safes lag. Es weckte ihr Interesse. Sie nahm es heraus und betrachtete die unbeschrifteten Seiten, die mit Paketband versehen waren. Da es leicht in ihrer Hand lag, konnte sich weder Schmuck noch Gold darin befinden. *Was war so wichtig oder wertvoll, dass René es im Safe aufbewahrt hatte?*

Sie nahm es heraus. Um es zu begutachten und den Inhalt herauszuholen, ging sie zum Schreibtisch und ritzte das unsauber geklebte Band auf. Ungeschickterweise rutschte sie dabei ab und fügte sich eine Schnittwunde zu. Mit roher Gewalt öffnete sie den Karton, wühlte mit beiden Händen in den darin befindlichen Sägespänen und bekam ein Glasröhrchen zu fassen. Noch im Herausnehmen löste sich ein Pfropfen aus Kork und kullerte auf den Schreibtisch. Feine silberne Partikel verteilten sich auf ihrer Hand und auf der Tischplatte. Irritiert griff sie den Korkverschluss und steckte ihn möglichst schnell wieder auf das Röhrchen.

Was zum Teufel war das?

Sie schnüffelte an den Teilchen. Berührte sie mit ihrem blutenden Zeigefinger. Zum Schluss roch sie an dem fremdartigen Material.

Mit einem Mal wurde ihr mulmig zumute. Sie fragte sich, ob es sich um eine gefährliche Substanz handeln könnte?

Panisch legte sie das wieder von ihr verschlossene Röhrchen in das Paket und versuchte, so gut es ging, die Holzspäne aufzufüllen. Hastig legte sie es zurück in den Safe, schloss die Tür und klappte das Gemälde davor. Im Flur hörte sie Audrey, die rief:

»*Madame* Carriere? Ich sollte für Sie einkaufen gehen. Haben Sie eine Liste für mich vorbereitet?«

Wie ein Kind, das etwas angestellt hatte, wischte sie hektisch die übrig gebliebenen kleinen Partikel vom Schreibtisch. Sie landeten auf dem Teppich. Dort waren sie kaum zu erkennen. In Eile lief sie in den Flur und stotterte:

»Bin noch nicht dazu gekommen. Warte einen Moment. Ich schaue in der Küche nach, was ich für das Dinner morgen Abend benötige.«

»Sehr wohl *Madame*.«

Mathilde schob sich an ihrem Hausmädchen vorbei und verschwand erst einmal im Bad, um ihre blutende Wunde an der Hand zu versorgen. Nachdem sie den Schnitt desinfiziert und ein Pflaster darauf geklebt hatte, setzte sie sich auf den Toilettendeckel. Irgendwie spürte sie innerlich, dass mit ihr seit dem Öffnen des Röhrchens etwas geschehen war.

Chapitre onze

Lucie war früh aufgestanden. Sie hatte Lust, vor dem Frühstück einen Spaziergang entlang der *Croisette* zu unternehmen. Um kurz nach 7:00 Uhr morgens waren nur wenige Passanten unterwegs. Sie begegnete Hundebesitzern, die ihre Lieblinge Gassi führten. Einige Hotelgäste joggten. Sie hörte die unterschiedlichsten Sprachen. *Cannes* empfing Gäste aus aller Welt.

Sie genoss die friedliche Atmosphäre, die nur durch eine lärmende Straßenkehrmaschine unterbrochen wurde. Auf der Straße waren ausnahmsweise keine protzigen Luxuslimousinen und knallroten Sportwagen zu sehen. Stattdessen fuhren weiße Lieferwagen herum, die teilweise vor den Geschäften parkten, um Waren auszuladen. Als sie an einem Zeitungskiosk vorbeikam, erinnerte sie sich an Marcs Hinweis, dass sie sich hier am besten über die aktuellen Geschehnisse in der Filmbranche informieren könnte. Am gestrigen Tag hatte sie vergeblich versucht, in der Stadtbibliothek weitere Details über René Carriere herauszufinden. Außer einer Liste und einer Kurzbeschreibung seiner Filme in einem Almanach war ihre Recherche erfolglos geblieben. Sie hatte vergeblich versucht, Mathilde Carriere zu erreichen. Ihre Haushälterin hatte ihr am Telefon erklärt, dass die *Granddame* bei einer Wohltätigkeitsveranstaltung weilte und erst spät abends wieder zurückkehren würde. So hatte Lucie entschieden, einen Tag Pause einzulegen, den sie mit Shopping in der Stadt und am Strand verweilend verbracht hatte.

Heute sollte dafür umso mehr geschehen. Sie erwartete das Obduktionsergebnis von *Docteur* Honfleur, der den Leichnam von René Carriere erhalten hatte. Und sie hatte vor, seinen Safe zu inspizieren.

Nun stand sie vor einer überwältigenden Auswahl an internationaler Presse und Zeitschriften, die sich zum größten Teil mit der Filmbranche beschäftigten. Ihre Aufmerksamkeit erregte das Cover der *Cahiers du Cinéma,* der französischen Filmzeitschrift, die seit 1951 erschien, wie sie unter dem Schriftzug lesen konnte. Der intellektuell dreinblickende Regisseur Didier Antune sah sie als Titelfoto an. Dazu las sie die Schlagzeile:

Comment Didier Antune a renouvelé le cinéma de Fabrice Petit.

Wie Didier Antune die Kinofilme von Fabrice Petit erneuern will.

Sie nahm das Heft in die Hand und blätterte bis zur Titelstory. Sie überflog den Artikel, der in Form eines Interviews verfasst war. Die herausgestellten Zitate des Regisseurs genügten ihr, um seine Haltung zu erkennen. Er war von der Filmproduktion *La Lumière* engagiert worden, um die schwindenden Zuschauerzahlen des Krimiklassikers zu stoppen und die Filme in die 80er Jahre zu führen. Seiner Meinung nach waren sie in den 60ern stehengeblieben und mit ihnen der Hauptdarsteller René Carriere. Antune zollte ihm Respekt, ließ jedoch kein gutes Haar an ihm. Er spiele bieder und sei rückwärtsgewandt. Im Interview verkündete Antune, dass er frisches Blut in die Besetzung bringen wollte.

Der Kioskbesitzer warf Lucie einen strengen Blick zu und sprach sie direkt an:

»*Madame?* Möchten Sie die Zeitschrift kaufen?«

Lucie schlug sie zu und lächelte ihn freundlich an.

»Ja. Darf ich mich noch weiter umsehen, *Monsieur?*«

Er antwortete zuvorkommend:

»*Avec plaisir.*«

Sie ließ ihren Blick über die ausländischen Tageszeitungen schweifen. Erneut las sie einen ihr bekannten Namen: Pietro Mauro. Der zugehörige Artikel war eher eine Kurzmeldung am unteren Rand der *La Repubblica*-Titelseite. Auch wenn sie kein Italienisch sprach, verstand sie die Überschrift:

Omicidio durante una produzione cinematografica. Pietro Mauro sospetto?

Mord während einer Filmproduktion. Pietro Mauro verdächtig?

Sofort war ihr klar – ihr neuer Kollege hatte gegenüber dem Reporter zu viel geplaudert. Ein Anfängerfehler, den die Presse schamlos ausgenutzt hatte. Sie mussten nur eins und eins zusammenzählen, um daraus eine reißerische News zu formulieren. Aus eigener Erfahrung wusste sie, es würde Ärger geben. Der Geschäftsmann würde diese Anschuldigung nicht so einfach hinnehmen. Eine Kooperation seinerseits konnte sie vergessen.

Ihre gute Laune war verflogen. Ein Anruf ihres Vorgesetzten Sebastian Cassel war zu erwarten. Mauro hatte sicherlich direkte Drähte zu italienischen Politikern. *Merde!*

Sie zahlte die Zeitschriften und lief im Stechschritt in ihr Hotel zurück. Dort nahm sie eine lauwarme Dusche und begab sich in den kleinen Garten, in dem ein Frühstücksbüffet arrangiert war. Sie brauchte dringend einen starken Kaffee und ihr obligatorisches *Croissant* mit Lavendelhonig.

Marc hatte vor, sich im Laufe des Vormittags bei ihr zu melden.

Beim letzten Schluck Kaffee wusste sie, dass sie nicht so lange warten wollte. Sie musste ihn vorwarnen und zur Rede stellen. Wahrscheinlich hatte er bereits von dem Artikel erfahren und der *Directeur de la Police* Charles Dalmasso knöpfte ihn sich gerade vor.

Um ungestört zu telefonieren, ließ sie sich das Gespräch auf ihr Zimmer stellen. Auf der Bettkante sitzend, vernahm sie seine hohe Stimme, die brüchig klang.

»Marc? Du weißt, welchen Fehler du begangen hast?«, fragte sie ihn ohne große Vorrede. Er wusste mittlerweile Bescheid.

»*Oui.* Ich habe meinem Freund bei der Zeitung Ermittlungsdetails mitgeteilt, die er für einen Artikel genutzt hat. Naiv und dumm von mir.«

»Das kann man wohl sagen. Ich hoffe, du lernst daraus.«

»Ich komme gerade vom *Directeur de la Police.*«

»Hat er dich von unserem Fall abgezogen?«

»Er wollte es. Ich konnte ihn davon abbringen. Noch einen Fehler … und …«

»Den dürfen wir uns nicht erlauben. Denn dann trifft es auch mich. Ich habe da so meine Erfahrungen ...«

»Wie machen wir jetzt weiter?«, fragte der junge *Commissaire* kleinlaut.

»Auf jeden Fall, ohne großes Aufsehen zu erregen. Zuerst telefoniere ich mit *Docteur* Honfleur. Du versuchst, *Madame* Carriere zu erreichen. Wir statten ihr einen Besuch ab. Ich will mir Carrieres Safe ansehen. Du kannst gerne dabei sein. Holst du mich in einer Stunde im Hotel ab? Dann fahren wir zur Villa der Carrieres in die Hügel hinter *Cannes*.«

Er schnaufte erleichtert in die Sprechmuschel des Telefons.

»Lucie; Danke für die zweite Chance! Ab sofort stimme ich mich eng mit dir ab.«

»Das will ich hoffen. Bis später.«

Sie legten auf.

Sie steckte sich eine *Gitanes* an. Ihr Körper vibrierte. Sie spürte deutlich, dass der Fall Fahrt aufnahm. Vielleicht war es nicht verkehrt, dass der Artikel erschienen war. *War Carrieres Mörder nun alarmiert? Würde er Fehler begehen?*

Marc traf überpünktlich im *Hôtel des Orangers* ein. Er wirkte niedergeschlagen.

»Hast du mit *Docteur* Honfleur sprechen können?«, fragte er, nachdem sie sich am Empfang begrüßt hatten.

»Ich habe auf dich gewartet. Du sollst seine Analyse mitbekommen. Wundere dich nicht, er ist sehr speziell. Wir pflegen ein ungewöhnliches Verhältnis zueinander.«

Er sah sie schräg von der Seite an.

»So, so ...«

Marc organisierte einen kleinen Raum im Parterre, der als Lager für zusätzliche Gartenmöbel genutzt wurde. Er baute einen Tisch auf und stellte zwei Klappstühle dazu.

»Hier können wir uns ungestört zurückziehen und telefonieren. Nicht gerade luxuriös, aber es erfüllt seinen Zweck.«

Lucie war einverstanden. Ihr ging es nicht um Komfort. Sie wollte Fortschritte erzielen. Am Gartentisch sitzend, wählte sie die Nummer des Pathologen in *Toulon*.

Nach mehrmaligem Klingeln meldete er sich auf seine typisch mürrische Art:

»Honfleur. Wer stört mich?«

»Lucie Girard.«

Sofort änderte sich seine Stimmfarbe. Er säuselte:

»Ah! Meine *Lieblingscommissaire*. Habe ich etwas verpasst? Aus der Gegend von *Saint-Tropez* wurde keine Leiche eingeliefert. Sie rufen mich doch nicht wegen eines abendlichen Rendezvous an?«

Lucie rollte mit den Augen. Marc musste grinsen.

»*Docteur!* Es wird noch Jahre dauern, bis Sie mich so weit haben, mit Ihnen auszugehen. Um Ihre Frage zu beantworten, ich bin zur Zeit in *Cannes* und kläre einen möglichen Mord auf. Sie müssten einen gewissen René Carriere aufgenommen haben. Er ist Schauspieler und während eines Filmdrehs unerwartet verstorben.«

Er räusperte sich. Sie wusste, was jetzt kommen würde, hielt den Hörer weg von ihrem Ohr. Trotzdem war sein Schleimspucken deutlich zu vernehmen. Angewidert verzog sie ihr Gesicht. Marc bekam große Augen.

»Entschuldigen Sie. Die Dämpfe machen mir zu schaffen. Ich liebe meinen Beruf, doch die Begleiterscheinungen werden mit den Jahren zur Belastung.«

Lucie wollte erwidern: *nicht nur für Sie*. Doch sie verkniff es sich.

»Carriere. Ja, der Mann liegt vor mir. Ein kniffliger Fall. Ich bin mir meiner Analyse nicht sicher.«

Lucie konnte sich nicht erinnern, dass *Honfleur* ihr jemals diese Rückmeldung gegeben hatte. Sie nahm sein Urteil ernst.

»Eine Vermutung haben Sie aber ...«

»Hm ... schon. Nur weil ich neulich einen Artikel in einer medizinischen Fachzeitschrift gelesen habe.«

»Wie sind sie darauf gekommen, dass Carriere davon betroffen ist?«

»Ich bemühe mich, es Ihnen in einfachen Worten zu erklären«, begann er.

Lucie zeigte gegenüber Marc einen überraschten Gesichtsausdruck, denn sie war ein solch zuvorkommendes Verhalten von *Honfleur* nicht gewohnt.

»Ich höre ...«

»Da ich keine giftigen Substanzen in seinem Körper gefunden habe und auch sonst nichts Außergewöhnliches entdecken konnte, habe ich Reste seiner Körperflüssigkeit einer spektrometrischen Analyse unterziehen lassen.«

»Die, welchem Zweck dient?«, wollte Lucie sofort wissen.

»Man kann damit Strahlung nachweisen. Radioaktive Strahlung.«

»Tatsächlich?«

»Ja, präzise. Einige Stoffe haben eine relativ kurze Verfallszeit im Körper. Deshalb war es von Vorteil, dass ich ihn vier Wochen nach seinem Tod erhalten habe. Wäre mehr

Zeit vergangen, dann hätte ich die Untersuchung kaum erfolgreich durchführen können.«

Lucie wurde ungeduldig, wie es ihre Art war.

»Sagen Sie schon. Um was handelt es sich?«

»Das Ergebnis ist nicht eindeutig.«

Er rief in den Raum hinter ihm. Von dort waren laute Rockmusik und schräge Gesangseinlagen zu hören.

»Ruhe! Ich habe ein wichtiges Telefonat zu führen. Macht eine Pause. Die Toten laufen uns nicht weg.« Er lachte trocken. »Entschuldigen Sie, *Commissaire*. Meine Mitarbeiter sind ab und zu ungestüm. Ich lasse sie gewähren. Unser Beruf hat seine speziellen Herausforderungen. Sie verstehen, was ich meine.«

»*Docteur* Honfleur, Sie wollten mich aufklären.«

»Stimmt. Ich kann Ihnen momentan nur so viel sagen: Es könnte sein, dass er mit energiereicher Alphastrahlung kontaminiert wurde. Einige Teile seiner Zellstrukturen sind zertrümmert. Sein Knochenmark zum Beispiel.«

»Ist er daran gestorben?«, fragte die *Commissaire*.

»In der Folge ja. Es ist ein qualvoller Leidensweg bis zum Tod. Die ersten Symptome ähneln denen einer Nahrungsmittelvergiftung. Zuerst treten Schwindel, Übelkeit, Erbrechen und eine generelle Müdigkeit auf. Später kommen Durchfall, eine ausgeprägte Anämie, Haarausfall und Blutungen aus Nase, Mund und Rektum hinzu. Es ist davon auszugehen, dass er den radioaktiven Stoff eingeatmet, gegessen oder über eine Wunde aufgenommen hat. Sein Blut hat ihn im Körper verteilt.«

Lucie drängte sich eine für ihren Fall bedeutende Frage auf:

»Wie kann es sein, dass Carriere in Kontakt mit einer solchen Substanz gekommen ist? Er war kein Wissenschaftler. Kann es einfach so in der Umwelt vorkommen?«

Honfleur röchelte. Doch er unterdrückte einen erneuten Hustenanfall.

»Einen Moment. Ich muss etwas trinken.«

Marc raunte Lucie zu:

»Ich habe zufälligerweise darüber gelesen. In Kernkraftwerken gibt es solche Stoffe. Aber wie kommt ein normaler Bürger in Kontakt damit?«

Lucie wurde mit einem Mal ganz anders.

»Irrst du dich da nicht?«

»Ich bin mir sicher. Ich lese regelmäßig ein populärwissenschaftliches Magazin. Daher habe ich mein Wissen.«

Honfleur meldete sich zurück.

»Es gibt radioaktive Elemente, die in äußerst geringer Konzentration in der Umwelt vorkommen. Zum Beispiel im Zigarettenrauch.«

Lucie sah auf ihre *Gitanes*-Packung, die auf dem Tisch vor ihr lag. Die wirkte plötzlich nicht mehr so attraktiv.

»Das genügt vermutlich nicht, um einen Menschen zu töten!«, stellte sie hoffnungsvoll fest.

Sie hörte sein erneutes unangenehmes Räuspern.

»Sicherlich nicht. Aber irgendwie ist er mit einer gefährlichen Menge eines radioaktiven Elements in Kontakt gekommen.«

»Was haben Sie vor, um Ihre Vermutung bestätigt zu bekommen, *Docteur* Honfleur? Können Sie mehr herausfinden?«

Marc nickte Lucie ermutigend zu. Er hatte sich, wie von ihr empfohlen, Notizen gemacht und erkannte, dass die erhaltenen Informationen zu vage waren.

»Ich habe Kollegen in *Paris* eingeschaltet. Sie melden sich bei mir. Ich muss Sie aber vorwarnen, *Commissaire*. Es könnte sein, dass wir nichts Konkretes erfahren werden.«

»Wieso?«, platzte es aus Lucie heraus.

»Weil das Innenministerium es verhindern wird. Wenn so etwas an die Öffentlichkeit gerät, beunruhigt es die Menschen.«

Lucie musste an den Artikel in der italienischen Tageszeitung denken. Die Presse würde sich darauf stürzen und die Sache zu einem politischen Eklat eskalieren.

»Falls Sie doch etwas in Erfahrung bringen, hier ist meine aktuelle Adresse in *Cannes*.«

Sie gab ihm die Anschrift ihres Hotels durch. Er reagierte verwundert.

»Ich frage nicht, warum Sie in *Cannes* ermitteln. Ich kann es mir aber denken. Die Leute dort sind nicht so clever …«

Sein lautes Lachen schepperte durch den Hörer.

»Danke für die Blumen, *Docteur!*«

»Nichts zu danken. Bitte geben Sie mir Bescheid, wenn Sie den Fall abgeschlossen haben. Ich bin an dem Ergebnis interessiert. So etwas erlebt man nicht alle Tage.«

Lucie war froh, dass er sie nicht wie üblich zu einem Abendessen einlud. Beruhigt beendete sie das Gespräch.

»Ich lasse Sie es wissen. Bis dann.«

Mit gemischten Gefühlen legte sie den Hörer auf.

»Puh! Geschafft. *Docteur* Honfleur war heute äußerst verträglich und kaum aufdringlich«, erklärte sie ihrem jungen Kollegen.

»Bis auf sein Räuspern fand ich ihn in Ordnung. Pathologen sind schräge Vögel. Unsere in *Cannes* haben auch ihre Marotten.«

Mit eindringlichem Blick schlug er seinen Notizblock zu und strich mit der Hand darüber.

»Was bedeutet seine Analyse für uns?«

Lucie zündete sich eine *Gitanes* an und sog daran, bevor sie antwortete.

»Ich muss nachdenken. Wie wäre es, wenn wir erst einmal *Madame* Carriere in *Mougins* aufsuchen. Vielleicht machen wir eine Entdeckung in dem Safe ihres verstorbenen Mannes?«

»Einverstanden. Ich hole den Wagen aus der Zentrale. Er steht dort auf dem Parkplatz. Spätestens in einer Stunde bin ich zurück.«

»*Bon*. Ich warte hier. Bis dann.«

Marc machte sich auf den Weg und Lucie zog sich in den kleinen Hotelgarten zurück. Dort sinnierte sie über *Docteur* Honfleurs Todestheorie nach.

Die Hauptfrage, die sie sich stellte, war, ob der oder die Mörder Carrieres aus seinem direkten Umfeld kamen? So wie sie es verstanden hatte, trat sein Tod nicht sofort nach dem Kontakt mit dem radioaktiven Material ein. Sein Leiden zog sich über mehrere Tage hin, in denen er an unterschiedlichen Symptomen litt. Sein direktes Umfeld musste seinen angegriffenen Gesundheitszustand mitbekommen haben. Sie erinnerte sich, dass seine Maskenbildnerin Martine Cohen ihr davon berichtet hatte. Er sei schwach gewesen und habe unter Schwindel, Übelkeit und Nasenbluten gelitten. *Waren das Hinweise auf seine Kontamination?* Wenn Honfleur Recht hatte, dann hatte sie seine Todesursache gefunden und konnte in diese Richtung weiter ermitteln. Bei einer solch seltenen Todesart war die Suche nach dem Mörder eng eingegrenzt. Auf jeden Fall handelte es sich um keine Tat im Affekt. Sie war von langer Hand vorbereitet und, so vermutete sie, es waren mehrere Personen daran beteiligt. Jene, welche die Substanz besorgt und der- oder diejenigen, die sie ihm verabreicht hatten. Obwohl sie zwischenzeitlich Pietro Mauro als Mörder ausgeschlossen hatte, kam er für sie wieder als möglichen Initiator infrage. Feige, perfide und mafiös.

Sollte sie mit René Carrieres Witwe darüber sprechen? Ein kalter Schauer lief ihr den Rücken hinunter. Die Frau tat ihr jetzt schon leid. Einen Ehepartner so zu verlieren war eine schreckliche Vorstellung. Doch was blieb Lucie anderes übrig, als die heiße Spur konsequent zu verfolgen. Sie war angefixt und wollte seinen Mörder zur Strecke bringen. *Würde sie dies nach zehn Jahren in ihrem Beruf erneut schaffen?* Wie so oft war sie sich dessen nicht sicher.

Um die Zeit zu überbrücken, las sie das Filmmagazin, das sie am Kiosk erstanden hatte.

Eine dreiviertel Stunde später hörte sie Marcs Stimme, der nach ihr rief.

»Lucie? Wo bist du? Das Auto parkt vor der Tür. Wir können losfahren.«

Sie rief ihm zu, während sie zum Hotelempfang zurückging.

»Ich komme.«

Sie machten sich auf den Weg zur Villa der Carrieres.

Chapitre douze

Zur gleichen Zeit nicht weit entfernt im Hôtel Majestic

»Warum reisen wir nicht ab?«, fragte der Kameramann Phillip Moulin den Regisseur Didier Antune.

»Weil ich es so will. Zum einen haben wir noch Interviews vor uns. Zum anderen möchte ich, dass die *Commissaire* keinen Verdacht schöpft.«

Moulin wurde blass.

»Meinst du, sie hat das bereits? Ich fand, wir haben uns wacker geschlagen.«

»Wenn du ihr nicht von dem ständigen Unwohlsein Carrieres berichtet hättest ...«

»Ich habe nur die Wahrheit gesagt. Das wolltest du doch von mir.«

»Die Wahrheit in unserem Sinn.«

Moulin sah den Regisseur verständnislos an.

»Wie meinst du das?«

Antune zog eine Grimasse.

»Phillip! Manchmal bist du wirklich einfältig!«

Der Kameramann lief rot an.

»Was soll das? Hältst du mich für dumm?«

Antune grinste schief.

»Das nicht. Aber überleg mal. Während des Filmdrehs hat Carriere ausschließlich mit uns gegessen ...«

»Du meinst, Sie verdächtigt die Köchin, ihn vergiftet zu haben?«

»Nicht die Köchin!«

Langsam dämmerte es dem Kameramann.

»Sag nur, du hast ...«

Antune erleichterte sein Gewissen.

»Woher sollte ich wissen, dass er daran krepiert.«

Phillip Moulin wich jegliche Farbe aus seinem Gesicht.

»Doch nicht etwa Gift?«

Der Regisseur ging zum Fenster seines Hotelzimmers und sah auf die *Croisette* hinaus.

»Nein. Ein Cocktail unterschiedlicher Medikamente. Schlaf-, Aufputsch- und Abführmittel. Ich wollte, dass er nicht mehr in der Lage ist, seine Rolle zu spielen.«

Der Kameramann setzte sich auf einen der Sessel und vergrub sein Gesicht in den Händen.

»Das hast du schlussendlich auch erreicht«, flüsterte er fast unverständlich.

»Was soll dein Sarkasmus. Dass er stirbt, wollte ich natürlich nicht!«

Phillip Moulin sah auf. Er starrte Antune an.

»Du nicht. Aber was ist mit Pietro Mauro? Der hat dich engagiert und vermutlich instruiert. Von alleine bist du doch nicht auf eine solche Idee gekommen?«

»Kein Kommentar.«

»Wenn du mich nicht einweihst, wie weiß ich, wie ich mich gegenüber der Polizei verhalten soll?«

Antune packte seinen Kameramann bei den Schultern.

»Halt einfach die Klappe. Lass mich reden, falls sie uns noch einmal befragt. Kapiert?«

Phillip Moulins Augen weiteten sich. Er stotterte angsterfüllt:

»Wie du meinst. Ich werde schweigen.«

Antune tätschelte ihm die Schulter.

»Gut. Du hast mich verstanden. Die Sache wird im Sande verlaufen, du wirst sehen.«

Phillip Moulin war sich dessen nicht sicher.

Chapitre treize

Villa der Carrieres, um die Mittagszeit

Audrey, das Hausmädchen, sorgte sich um Mathilde Carriere. Sie war gestern Abend von der Wohltätigkeitsveranstaltung zurückgekommen und klagte seitdem über Unwohlsein. In der Nacht hatte sie sich mehrmals übergeben müssen. Audrey hatte die Toilette gesäubert und dabei Blut im Wasser entdeckt. Sie deutete es als ein besorgniserregendes Zeichen. Ihre Mutter war vor einiger Zeit wegen eines Magengeschwürs verstorben. Sie hatte ständig Blut erbrochen.

»*Madame,* soll ich Ihnen einen Tee zubereiten? Sie sehen blass aus.«

Mathilde Carriere lag auf einer *Chaiselongue* im Salon ihrer Villa. Sie hatte alle viere von sich gestreckt. Zwischen den Toilettengängen dämmerte sie ständig ein. Da sie nun erwacht war, antwortete sie ihrer Angestellten mit schwacher Stimme:

»Bitte einen Kamillentee. Etwas anderes kriege ich nicht herunter. Wenn ich mir Essen vorstelle, bekomme ich einen Brechreiz. Was habe ich nur? Wahrscheinlich waren es die Austern vom Buffet gestern. Es war ein Fehler, sie zu essen. Das habe ich nun davon.«

Audrey legte ein Kissen in den Rücken von *Madame.*

»Machen Sie es sich bequem. Ich bin in der Küche und koche den Tee. Vielleicht essen Sie doch etwas dazu. Ich bringe Zwieback. Das dürfte gehen.«

Die Haushälterin zog sich zurück. Mathilde war allein. Den ganzen Morgen über musste sie an die Entdeckung im Safe ihres verstorbenen Mannes denken. *Was hatte er dort aufbewahrt?* Seit sie sich so elend fühlte, ließ sie die Vorstellung, mit etwas in Berührung gekommen zu sein, das ihre Gesundheit gefährdet hatte, nicht mehr los. Sie scheute sich davor, einen Arzt zu konsultieren. Wenn es weiter bergab mit ihr ging, würde ihr aber nichts anderes übrig bleiben.

Während sie sich ihren Überlegungen widmete, hörte sie die Türglocke. Da sie keinen Besuch erwartete, fragte sie sich, wer dies sein könnte. Lange musste sie nicht warten, denn kurz darauf erschien Audrey und kündigte zwei *Commissaires* an, die dringend mit ihr sprechen wollten. Mathilde willigte ein, woraufhin das Hausmädchen die Polizisten hineinbat.

Sie erkannte Lucie Girard und einen adretten jungen Mann, der deutlich kleiner war als die *Commissaire*.

»Bitte entschuldigen Sie meine Unpässlichkeit. Ich bleibe liegen«, erklärte sie mit zerbrechlicher Stimme. Gleichzeitig streckte sie ihre Hand zur Begrüßung aus. Zuerst ergriff Lucie sie und dann Marc. Die *Commissaires* sahen sich an. Sie teilten den gleichen Gedanken.

»*Madame* Carriere? Seit wann geht es Ihnen schlecht?«, fragte Lucie ohne große Vorrede.

»Gestern fing es an. Noch während ich auf der Wohltätigkeitsveranstaltung war. Mir wurde mit einem Mal schwindelig. Später musste ich mich auf der Damentoilette mehrmals übergeben. Ich vermute, dass die Austern, die ich zu mir genommen habe, verdorben waren. Ich hoffe, mir geht es besser, wenn alles draußen ist.«

Die *Commissaire* glaubte nicht daran. Um keine Zeit zu verlieren, kam sie auf den eigentlichen Anlass ihres Besuchs zu sprechen:

»Wir wollen Sie nicht lange behelligen. Hatten Sie Gelegenheit, den Safe ihres Mannes zu öffnen? Uns wäre es wichtig, einen Blick hineinzuwerfen. Vielleicht finden wir etwas, das im Zusammenhang mit seinem Ableben steht.« Lucie vermied bewusst, das Wort Mord zu verwenden.

Mathilde Carrieres Mundwinkel gingen nach unten.

»Muss das gerade heute sein? Ich fühle mich elend.«

Lucie wollte sich nicht abwimmeln lassen. Dazu war die Ermittlung zu wichtig.

»Sie können hier liegen bleiben. Sagen Sie uns einfach, wo sich der Safe befindet. Und die Zahlenkombination müssten wir wissen. Falls wir Fragen haben, kommen wir auf Sie zu. Machen Sie sich keine Sorgen. Wir sind vorsichtig und ziehen Handschuhe an. Wir dokumentieren nur den Inhalt. Dafür nutzen wir einen Fotoapparat.«

Marc hielt eine Spiegelreflexkamera hoch, die er um den Hals trug.

»Meinetwegen. Verrichten Sie Ihre Arbeit. Der Safe befindet sich in Renés Arbeitszimmer. Die letzte Tür im Flur. Der Safe ist hinter einem Landschaftsgemälde versteckt. Es lässt sich zur Seite klappen. Die Zahlenkombination ... wo habe ich sie notiert? Richtig. In meiner Handtasche, die in der Diele steht. Vor dem Spiegel auf dem Regal. In der Seitentasche finden Sie einen kleinen Notizzettel. Darauf stehen drei Zahlen und eine Anweisung. *Monsieur* Pianetti? Wären Sie so freundlich und holen die Handtasche?«, fragte sie an den *Commissaire* gewandt.

Kurz darauf kam er mit einer schlichten schwarzen Damenhandtasche zurück. Mathilde Carriere kramte darin und holte einen karierten Notizzettel heraus.

»*Voilà*. Da ist er.«

Sie reichte ihn an Lucie weiter. Sie las:

21 – 30 – 12

(3 x l, 3 x r, 3 x l)

»Der Hinweis in Klammern bedeutet, dass man die Spindel dreimal nach links, dreimal nach rechts und erneut dreimal nach links drehen muss?«

Mathilde Carriere nickte.

»Jeweils, nachdem Sie die Zahl zum Strich auf die zwölf gedreht haben.«

Lucie fragte sicherheitshalber nach:

»Ich drehe zuerst dreimal bis zur 21 und dann wieder zurück zu null?«

»Ich glaube ja. Auch für mich war der Vorgang neu. Sie kriegen das schon hin. Nehmen Sie sich Zeit. Ich laufe nicht weg.« Sie wollte lachen, doch ein Hustenreiz erstickte den Versuch im Keim.

»Gehen Sie schon! Ich glaube, ich muss mich gleich erneut übergeben. Geben Sie bitte Audrey Bescheid. Sie soll mich auf die Toilette begleiten. Ich bin zu schwach.«

Lucie empfand Mitleid mit *Madame* Carriere.

»Sollen wir nicht lieber erst einmal einen Arzt rufen? Besser wäre es.«

Die *Grande Dame* winkte ab.

»Das wird schon wieder.«

Lucie warf Marc einen auffordernden Blick zu. Sie verließen den Salon und schlossen die Tür hinter sich.

»Sei so gut und rufe einen Amtsarzt. Ich befürchte …«

»Sie zeigt die gleichen Symptome, wie ihr verstorbener Mann sie hatte«, mutmaßte er.

»Das kann Zufall sein. Daran glaube ich aber nicht.«

»Ich telefoniere gleich. Öffnest du den Safe? Hier nimm die Handschuhe. Ich habe sie für dich mitgebracht. Den Fotoapparat auch.«

»*Merci*.« Lucie hängte sich das unförmige Teil um den Hals. »Und schicke das Hausmädchen zur *Madame*. Sie sollte nicht alleine sein. Sag Audrey das.«

Er öffnete drei Türen, bis er die richtige, die zur Küche führte, gefunden hatte. Lucie orientierte sich zum Flurende. Von dort hörte sie ihn mit Audrey reden, dann verschwand sie im Arbeitszimmer.

Es roch muffig. Nach Staub und abgestandenem Zigarrenrauch. Dunkle, schwere Möbel und Perserteppiche erzeugten eine bedrückende Atmosphäre. Sie könnte hier nicht arbeiten, dachte sie beim Anblick des wuchtigen Schreibtisches aus Eichenholz. Dahinter erkannte sie ein hässliches Gemälde, das eine provenzalische Landschaft zeigte. Sie hielt sich nicht mit dem Betrachten auf, sondern griff rechts an den Rahmen und zog ihn zu sich. Das Bild schwang wie eine Tür auf. Der Safe, den sie erblickte, war größer als vermutet. Er hatte fast das Format des Gemäldes.

Bevor sie die Anweisungen auf dem handgeschriebenen Notizzettel ausführte, zog sie sich die Gummihandschuhe über. Wenige Augenblicke später betätigte sie den Griff an der Eisentür und öffnete den Safe.

Zuerst erregten die gebündelten *Francs*-Scheine ihre Aufmerksamkeit. Der Innenraum war voll davon. Ansonsten gab es farbige Ordner, die sauber beschriftet waren. Sie las ‚Verträge‘, ‚Korrespondenz‘ und ‚Bank‘. Hiermit sollte sich

Marc im Anschluss beschäftigen. Sie fotografierte den Inhalt, ohne ihn berührt zu haben. Nachdem sie einige Bündel Banknoten herausgenommen hatte, entdeckte sie mehrere Uhren der Marke *Rolex,* Goldbarren und ein kleines würfelförmiges Päckchen. Es war aufgerissen. Das Paketband hing seitlich herunter. Vorsichtig nahm sie den Karton in beide Hände. Eigentlich hatte sie vor, ihn auf den Schreibtisch zu stellen, um ihn genauer zu inspizieren. Doch dann erinnerte sie sich an die Warnung von *Docteur* Honfleur. Wenn Carriere tatsächlich mit radioaktiver Strahlung in Berührung gekommen war, sollte sie bei seinen persönlichen Dingen, die ihr verdächtig erschienen, vorsichtig sein.

Sie tat das einzig Richtige. Sie fotografierte das geöffnete Paket von den Seiten und von oben. Dabei erkannte sie ein Glasröhrchen mit silbernen Partikeln, das inmitten von Holzspänen lag. Anschließend legte sie das Paket zurück. Um sicherzugehen, dokumentierte sie den restlichen Inhalt des Safes mit mehreren Aufnahmen. Dann schloss sie die Stahltür, drehte das Zahlenschloss und verließ das Arbeitszimmer.

Im Flur traf sie auf Marc, der sie verwundert ansah.

»Schon fertig? Ich wollte gerade zu dir.«

Sie reagierte kurzangebunden:

»Erklärungen folgen später. Sei bitte so gut und schicke die Spurensicherung hierher. Sie sollen in Schutzanzügen kommen. Ich befürchte, dass von einem geöffneten Päckchen im Safe radioaktive Strahlung ausgeht.«

Marc wurde blass. Er stammelte:

»Sicherheitskleidung? Wie in einem Atomkraftwerk? Keine Ahnung, ob unsere Leute über so etwas verfügen. Ich erkundige mich. Wenn nicht, müssen wir in *Tricastin* anrufen. Dort befinden sich die nächstgelegenen Kernreaktoren. Ich vermute, die Fachkräfte sind für einen Außeneinsatz mit radioaktivem Material ausgebildet und ausgestattet.«

»Bitte mach schnell. Ich rede in der Zwischenzeit noch einmal mit Mathilde Carriere.«

Lucie ging zurück in den Salon. Dort lag *Madame* Carriere unverändert auf dem Sofa. Sie sah noch blasser aus als zuvor.

Audrey saß neben ihr und hielt ihr die Hand. Lucie blieb vor dem *Chaiselongue* stehen. Sie musste ihre Pflicht erfüllen.

»*Madame?*« Mathilde Carriere schlug ihre Augen auf. Das Weiß ihrer Pupillen war rötlich gefärbt. »Haben Sie das Päckchen, das sich in dem Safe befindet, geöffnet und den Inhalt angefasst?«

Ein Zucken durchfuhr den Körper der kränkelnden Frau. Betroffen sah sie die *Commissaire* an.

»Ja. Das habe ich. War das falsch?«

»Ich befürchte ja. Wir haben eine Vermutung, was sich darin befindet.«

»Seien Sie ehrlich zu mir. Ich will es wissen. Was ist in dem Röhrchen, dessen Inhalt ich berührt habe.«

Lucie kniete sich neben Mathilde Carriere.

»Ihr Mann … ist wahrscheinlich an radioaktiver Strahlung gestorben. Wir wissen es nicht mit einhundertprozentiger Sicherheit. Seine Symptome deuten aber daraufhin. Und die Ihren sind mit seinen identisch.«

Ein leidvolles Stöhnen entwich Mathildes Mund.

»Also nicht die Austern.«

»Eher lebensgefährliche Strahlen. Wir haben einen Amtsarzt bestellt. Er wird sich um Sie kümmern. Sie müssen sofort in ein Krankenhaus.«

Audrey, die alles mitangehört hatte, reagierte pragmatisch.

»Ich packe Ihre Tasche, *Madame*.«

Mathilde sank komplett in sich zusammen. Man sah ihr an, dass sie alle Hoffnung verloren hatte. Lucie war klar, dass dies die letzte Gelegenheit war, ihr Fragen zu stellen.

»Möchten Sie mir noch etwas mitteilen, bevor der Arzt kommt?«, fragte sie dementsprechend.

»In meiner Handtasche …« Mathilde Carriere deutete auf die Tasche, die auf dem Tisch stand. »… befindet sich ein Notizheft. Darin hat mein Mann Termine für Treffen notiert. Er hat sie vor mir verheimlicht. Behauptete stets, für die Produktionsfirma unterwegs zu sein. Wie es aussieht, hat er irgendwelche Ware entgegengenommen und weitergegeben. Dafür hat er das viele Geld kassiert. Sie haben die Bündel im Safe gesehen?«

»Das habe ich. Es tut mir leid, dass Sie es so erfahren mussten. Ich gehe davon aus, dass er viel riskiert hat.«

Mathilde Carriere ergänzte:

»Zu viel. Könnte es sein, dass er mit seinem Leben dafür bezahlen musste?«

»Ob das so war, werden wir herausfinden. Versprochen.«

Blut lief aus Mathilde Carrieres Nase. Lucie tupfte es mit einem Taschentuch, ab, dass sie in der Handtasche fand.

Vom Flur hörte sie Marcs Stimme:

»Hier entlang, *Docteur*. *Madame* Carriere geht es sehr schlecht.«

Die *Commissaire* nahm das Notizheft an sich und äußerte gegenüber dem Amtsarzt ihre Vermutung *Madame* Carriere betreffend. Der *Docteur* führte eine Erstuntersuchung durch. Lucie zog sich in die Küche zurück. Sie wollte ein paar Worte mit Audrey wechseln.

Das Hausmädchen war gerade dabei, etwas Obst für *Madame* zuzubereiten. Sie sah von ihrer Tätigkeit auf. Ihre Augen waren gerötet. Sie hatte geweint.

»Ich störe Sie nur kurz. Sie sollten wissen, dass es schlecht um ihre Arbeitgeberin steht. Ich befürchte, sie ist mit einer radioaktiven Substanz in Kontakt gekommen.«

Audrey legte das Küchenmesser zur Seite und wischte ihre Hände an ihrer Schürze ab. Ihre Miene zeigte ehrliche Betroffenheit.

»Sie hat sich für längere Zeit in dem Arbeitszimmer des *Monsieur* aufgehalten. Zuvor ist sie wie aufgescheucht im Haus herumgelaufen. Sie hat wohl etwas Wichtiges gesucht.«

»Wann war das?«

»Vorgestern. Danach verhielt sie sich ungewöhnlich still und nachdenklich. Normalerweise reden wir viel miteinander.«

Lucie musste Audrey einweihen, denn in den nächsten Tagen würde im Haus so einiges geschehen.

»Hören Sie mir gut zu. Das Arbeitszimmer ist tabu für Sie. Betreten verboten! Wir schicken Spezialisten, die den Raum und den Safe inspizieren. Lassen Sie die Leute bitte herein. Sie werden Ihnen Anweisungen geben, die Sie auf jeden Fall befolgen.«

Die junge Frau verstand. Sie nickte bestätigend.

»Sie können sich auf mich verlassen.«

Ihr Augen wurden glasig.

»Die *Madame* wird es überleben?«

Lucie antwortete ehrlich.

»Ich bin mir dessen nicht sicher. Wir wissen nicht, wie viel Strahlung sie abbekommen hat. Das Zeug scheint enorm gefährlich zu sein.«

»Kann ich denn hier im Haus bleiben? Ich habe unter dem Dach ein kleines Zimmer.«

»Vielleicht wäre es besser, wenn Sie sich hauptsächlich dort oben aufhalten. Ich hoffe, die Spurensicherung kommt noch heute. Wenn nicht, spätestens morgen.« Lucie dachte an das Spezialteam, das aus der Gegend von *Avignon* anreisen musste. »Wahrscheinlich eher morgen«, korrigierte sie sich selbst.

»Dann besuche ich heute Nachmittag meine Schwester. Sie wohnt nicht weit entfernt in der Innenstadt von *Cannes*. Ich schreibe Ihnen die Telefonnummer auf. Sie können mich dort erreichen. Wenn ich gebraucht werde, kann ich jederzeit zurück zur Villa kommen. Wäre das für Sie in Ordnung? Ich fühle mich nicht wohl mit dem Gedanken, hier alleine zu bleiben.«

Lucie zeigte Verständnis.

»So machen wir es. Wir rufen Sie kurz vorher an.«

»*Merci, Madame la Commissaire.* Darf ich noch etwas sagen?«

»Aber selbstverständlich.«

»Die *Madame* hat enorm unter der Situation gelitten. Nie wusste sie, wo sich ihr Mann wirklich aufhielt, wenn er unterwegs war. Sie hat oft geweint.«

»Das habe ich teilweise mitbekommen. Gut, dass Sie es bestätigen. Er hatte Geheimnisse vor ihr?«

»Ich befürchte jede Menge. Bitte sagen Sie der *Madame* nicht, dass ich so über ihre Ehe gesprochen habe. Es steht mir nicht zu.«

Lucie zwinkerte dem Hausmädchen aufmunternd zu.

»Sie wird nichts von mir erfahren.«

Audrey wollte noch etwas sagen, doch es klopfte an die Küchentür. Marc tauchte auf. Er informierte die *Commissaire.*

»Der Amtsarzt hat seine Untersuchung abgeschlossen. *Madame* Carriere kommt in das Stadtkrankenhaus. Es werden spezielle Analysen durchgeführt.«

»Konnte er unsere Vermutung bestätigen?«

»Ich habe ihn über die radioaktive Strahlung informiert, an der René Carriere wahrscheinlich gestorben ist. Er nimmt die Sache sehr ernst. Deshalb werden diesbezüglich Urin und Blut seiner Frau untersucht. Das Ergebnis werden wir noch heute erhalten.«

Lucie zog Marc aus der Küche in den Flur. Sie wollte ihr Gespräch nicht vor dem Hausmädchen weiterführen.

»Hast du mit der Spurensicherung telefoniert? Können Sie den Auftrag durchführen?«

Er winkte ab.

»Nein. Dazu sind sie nicht ausgerüstet. Ich habe im Atomkraftwerk *Tricastin* angerufen. Der technische Leiter zeigte sich kooperativ. Er ist in der Lage, zwei Mann nach *Cannes* zu schicken. Aber erst morgen im Laufe des Tages. Wir müssen uns also gedulden.«

»Vielleicht erhalten wir die Ergebnisse der Analyse aus *Paris. Docteur* Honfleur wollte sich melden. Dann erfahren wir wenigstens, woran René Carriere verstarb.«

Marc wirkte seit seinem *Fauxpas* mit der Presse hoch konzentriert. Lucie bedauerte etwas, dass er dadurch seine lockere Art eingebüßt hatte. Lieber so, als dass er oberflächlich arbeitete und über den Dingen schwebte. Als

Commissaire musste er taktisch wohl überlegt vorgehen und durfte gegenüber Dritten keine Ermittlungsdetails preisgeben. In ihrer Anfangsphase hatte Lucie aus solchen Fehlern lernen müssen. Sie versuchte, ihn davor zu bewahren.

Es war eine Pause entstanden. Marc blickte verlegen zu Boden und danach zu ihr auf. Dann stammelte er:

»Weil du Honfleur erwähntest ...«

Lucie sah ihn skeptisch an.

»Was ist mit dem *Docteur?*«

»Äh ... Er, er hat sich gemeldet.«

Lucie bohrte nach.

»Hast du mit ihm telefoniert?«

»Nicht ich. Aber die Sekretärin unserer Abteilung. Sie hat mir einen Zettel hingelegt.«

In Lucie brodelte es. Gerade eben hatte sie positiv über ihren jungen Kollegen geurteilt.

»Hast du ihn dabei?«

Er lief rot an.

»Ich habe ihn im Büro vergessen.«

»Marc!«, fuhr sie ihn an.

»Es tut mir leid. Ich war nur kurz an meinem Schreibtisch. Ich habe mich beeilt, zu dir zurückzukommen. Wollte dich nicht warten lassen.«

»Kannst du dich wenigstens erinnern, was er uns mitzuteilen hatte?«

Der junge *Commissaire* fuhr sich durch seine vollen schwarzen Haare.

»Nicht so wirklich. Ein Wort ist mir in Erinnerung geblieben. Die Nachricht war relativ lang.«

Lucie war kurz davor, dass ihr der Geduldsfaden riss. Sie kämpfte mit ihrer *Contenance.*

»Jetzt sag schon.«

»Das Wort war *Polo* ...«, er überlegte einen Moment, um nichts Falsches zu sagen. »*Polonium.*«

Lucie kannte die Bezeichnung nicht. Sie hatte keine Lust, weiter von ihrem Kollegen abhängig zu sein.

»Wir fahren gleich zu deinem Arbeitsplatz. Ich will mir die Notiz durchlesen. Und wenn nötig mit *Docteur* Honfleur Rücksprache halten. Das tue ich aber nur, wenn ich wenigstens teilweise informiert bin.«

»Du bist verärgert. Ich sehe es dir an. Bitte entschuldige. Es ist mein erster Mordfall.«

Lucie wollte nicht darauf eingehen.

»Lass uns losfahren. Ich muss mich beruhigen.«

»Dann komm. Die Fahrt dauert eine knappe Viertelstunde. Du kannst auch eine *Gitanes* rauchen.«

Lucie verzog ihr Gesicht.

»Wie großzügig von dir«, bemerkte sie angefressen.

»Ich soll dich in Ruhe lassen?«

»Schnellmerker. Wir fahren und schweigen.«

»Verstanden, *Madame la Commissaire* Girard.«

Audrey blieb allein in der Villa zurück. Sie plagte ihr schlechtes Gewissen. Sie hatte die Gelegenheit verpasst, der *Commissaire* ihre Vermutung mitzuteilen.

An Marcs Schreibtisch angekommen, bestätigte sich, was Lucie bereits vermutet hatte. Ihr junger Kollege war ein Chaot. Es stapelten sich die Akten. Unterschiedliche Formulare lagen zerstreut oben auf. Diverse leere Kaffeetassen warteten darauf, gespült zu werden. Papiertüten vom Bäcker flogen zerknüllt herum. Da fiel eine einzelne Notiz nicht auf.

»Wo habe ich sie nur hin?«, fragte er laut.

Mit verschränkten Armen und mit bockigem Gesichtsausdruck stand Lucie neben ihm und wartete.

»Sollen wir gleich bei *Docteur* Honfleur anrufen und uns die Blöße geben, seinen mündlichen Bericht verloren zu haben?«

Marc bekam rote Flecken im Gesicht. Schweiß stand auf seiner Stirn. Ihm war die Situation äußerst peinlich.

»Ich kann mich beim besten Willen nicht erinnern, wo ich die Notiz hingelegt habe. Leider passiert mir so etwas oft.«

Lucie war klar: Auch *Commissaires* machten Fehler und hatten Schwächen. Sie kannte ihre Eigenen mittlerweile allzu gut. Trotzdem konnte sie seine Suche nicht länger mit ansehen.

»Ich gehe in die Küche. Soll ich dir einen Kaffee mitbringen?«

Es kam keine Antwort. Er räumte die Aktenordner zusammen und warf alles Mögliche in den Papierkorb.

In der Küche wurde sie gleich von einer korpulenten Frau mittleren Alters angesprochen. Sie trug ein weites Kleid, das mit großen Blumen bedruckt war.

»Sie müssen *Commissaire* Girard sein. Ich bin Babette, die *Maman,* beziehungsweise die Sekretärin der Abteilung.« Sie legte eine Verschnaufpause ein. Dann sprach sie lachend: »Herzlichen Glückwunsch! Sie arbeiten mit unserem Sorgenkind zusammen.«

Na super!, dachte Lucie.

»Ich durfte einige seiner Charaktereigenschaften bereits erleben. Nett ist er ja.«

»Man kann ihm nicht böse sein, das stimmt schon. Leider will keiner der Kollegen mehr mit ihm zusammenarbeiten. Er ist einfach zu schusselig. Auf ihn ist wenig Verlass. Recherchieren kann er, falls er anschließend seine Aufzeichnungen findet.«

Lucie nutzte die Gelegenheit, um zu fragen:

»Haben Sie zufälligerweise den Anruf von *Docteur* Honfleur entgegengenommen?«

»War das der Pathologe aus *Toulon?* Ein komischer Kauz. Er hat mich zu einem Abendessen einladen wollen. Stellen Sie sich das mal vor! Er wollte extra nach *Cannes* kommen. Dabei kennt er mich noch nicht einmal.«

Lucie wunderte sich nicht.

»Typisch für ihn. Ich erwehre mich seit einigen Jahren seiner Offerten. Nun weiß ich, dass es nicht an mir liegt. Er scheint alle Frauen so zu umgarnen. Wobei das höflich ausgedrückt ist. Eher bedrängen.«

»Ja, so habe ich es empfunden. Er hat mir zugesetzt. Als er dann über seine Arbeit redete, hörte er sich vernünftig an. Er scheint zu wissen, wovon er spricht.«

Babette schenkte Lucie aus der Warmhaltekanne Kaffee in einen Becher, den sie zuvor gespült hatte.

»Trinken Sie ihn schwarz?«

Die *Commissaire* sah sich die Brühe kritisch an.

»Lieber mit einem Schuss Milch.«

»Sie finden sie hinter sich im Kühlschrank.«

Lucie roch an der Flasche. Sie war sich nicht sicher, ob die Milch noch gut war.

»Keine Angst. Ich habe sie heute Morgen frisch mitgebracht. Eine meine vielen Aufgaben ...«

Während Lucie Milch in den Kaffee gab, fragte sie:

»*Honfleur* ist eine Koryphäe auf seinem Gebiet. Ich halte viel auf von seinem Urteil. Erinnern Sie sich, was er Ihnen mitgeteilt hat?«

Babette nippte an ihrer Kaffeetasse.

»Ui, heiß! Nicht zu hundert Prozent. Aber ich kann den Inhalt zusammenfassen. Mein Gedächtnis funktioniert hervorragend. Eine meiner Stärken«, lobte sie sich selbst. »Er sagte, dass seine Vermutung von den Kollegen in *Paris* bestätigt worden sei. Ein gewisser *Monsieur* Carriere ... Ist er das Mordopfer Ihres Falles? ... Sei an der Strahlung durch *Polonium* verstorben. Die entnommene Körperflüssigkeit weise eindeutig daraufhin. Die Menge, mit der er in Kontakt kam, hätte ausgereicht, um zehn Menschen zu töten. Er hatte keine Überlebenschance gehabt.«

Lucie sah sofort Mathilde Carriere vor sich. Hoffentlich hatte sie nicht die gleiche Dosis abbekommen.

Der Kaffee schmeckte fürchterlich. Sie stellte die Tasse auf die Spüle.

»Haben Sie noch weitere Details erfahren? Marc sucht nach dem Zettel. Ich befürchte, er wird ihn nicht finden.«

»Ich hatte ihn direkt oben auf den höchsten Stapel gelegt. Er müsste ihn eigentlich sofort gesehen haben.«

»Das hat er wohl auch. Doch dann hat er ihn verlegt. Egal. Sagen Sie mir bitte, ob das alles an Informationen war.«

Babette schien der Kaffee zu schmecken. Sie trank ihre übergroße Tasse in einem Zug leer.

»Ich kann nicht ohne das Zeug«, erklärte sie, weil sie Lucies skeptischen Blick sah. Ergänzend addierte sie kichernd: »Sodbrennen ist garantiert!«

»Passen Sie auf. So können Magengeschwüre entstehen«, äußerte Lucie besorgt.

»Sie sind nicht die Erste, die mir das sagt. Aber was sollen da Raucher sagen? Sie schädigen ihre Gesundheit noch mehr.«

»Ein Laster haben wir alle«, gestand Lucie mit einem verschmitzten Lächeln. Sie holte ihre *Gitanes*-Packung heraus und steckte sich eine filterlose Zigarette an. »Wir sollten es nur nicht übertreiben. Darf ich?«

Babette lächelte aufmunternd. »Tun Sie sich keinen Zwang an. In der Küche sind wir unter uns.« Dann erklärte sie in ernstem Tonfall: »*Docteur* Honfleur bemerkte, dass der Kontakt mit *Polonium* unmittelbar gewesen sein muss. Man fand winzig kleine Partikel auf den sterblichen Überresten des Opfers.«

»Das bedeutet, er hat die Teilchen tatsächlich angefasst.«

»Wohl. Auch in seiner Lunge fanden sich Spuren davon. Was darauf hindeutet, dass er an der Substanz gerochen hat.«

Die *Commissaire* stellte sich den gefesselten Schauspieler vor, wie ihm ein Röhrchen mit *Polonium* vor die Nase gehalten wurde. *Würde das genügen, um ihn so stark zu kontaminieren, dass er daran verstarb?*

Sie fragte sich: *War es vorsätzlicher Mord oder ein tragischer Unfall? Vielleicht hatte er die Lieferung im Auftrag seiner Kunden überprüfen müssen und war so in Kontakt mit dem Teufelszeug gekommen?* Momentan schien alles möglich. Auf jeden Fall musste sie veranlassen, dass Mathilde Carrieres Ärzte im Krankenhaus die neuesten Informationen erhielten.

»Babette? Können Sie für mich etwas erledigen? Es ist äußerst wichtig.«

»Gerne. Um was geht es denn?«

Lucie schilderte der Sekretärin den Gesundheitszustand von Mathilde Carriere. Sie beauftragte Babette, im Krankenhaus Bescheid zu geben, es bestünde der Verdacht, dass Carrieres Frau in Kontakt mit *Polonium* gekommen sei und sie dementsprechend behandelt werden müsse. Eine schriftliche Analyse der Pathologie würde noch nachgereicht werden.

»Kein Problem. Ich kümmere mich gleich darum. Soll ich auch bei *Docteur* Honfleur nachhaken, damit er uns seinen Bericht möglichst schnell zukommen lässt?«

Lucie begeisterte sich für die Eigeninitiative der Sekretärin.

»Tun Sie das. Sie denken mit.«

»Das ist meine Aufgabe. Ich halte meinen *Commissaires* den Rücken frei, damit sie die Fälle erfolgreich und schnell aufklären.«

Es konnte durchaus von Vorteil sein, in einem großen Kommissariat zu arbeiten, stellte Lucie fest. Ihr Arbeitsumfeld war im Vergleich dazu übersichtlich. Sie schätzte *Gendarm* Hugo und *Capitaine* Purenne. Leider setzten sie manchmal die falschen Prioritäten und kümmerten sich um Nebensächlichkeiten. Doch sie hatte sich damit arrangiert. Sie vermisste sie sogar ein bisschen. Mit den beiden konnte sie sich herrlich austauschen. Sie brachten sie auf neue Gedanken, die ihr bei der Lösung ihrer Fälle halfen, um den Tätern auf die Spur zu kommen.

Marc kam in die Küche gestolpert.

»Ah! Da bist du, Lucie! Ich habe dich überall gesucht. Hier ist die Notiz. Sie war von einem Windstoß unter den Schreibtisch geweht worden.«

Babette sah Lucie verschmitzt lächelnd an. Lucie konnte sich nicht verkneifen, zu bemerken:

»Ja, der Wind. Er bläst in *Cannes* oft stark und plötzlich. So nah am Meer. Selbst in geschlossenen Räumen.«

»Du machst dich über mich lustig, Lucie!«

»Ich? Nicht doch. Ich bin erleichtert, dass du ihn gefunden hast. Zu deiner Information: Babette fordert bei *Docteur* Honfleur einen schriftlichen Bericht an. Sie gibt auch im Krankenhaus, in dem Mathilde Carriere untergebracht ist, Bescheid, um sicherzustellen, dass sie eine dementsprechende Behandlung erhält.«

Marc sah enttäuscht aus.

»Und was machen wir?«

»Was würdest du denn vorschlagen?«, fragte sie den jungen *Commissaire,* um ihn aus der Reserve zu locken.

Er zuckte mit den Schultern.

»Eine heiße Spur haben wir nicht …«

Lucie sah Marc herausfordernd an und machte ihm unmissverständlich klar:

»Wir wissen jetzt exakt, an was René Carriere gestorben ist. Wenn das keine Spur ist …«

Der Hinweis half. Marc schlug vor:

»Hm … wir könnten versuchen, herauszufinden, wo das radioaktive Material herkommt. Oder wer damit handelt.«

Lucie klatschte in die Hände.

»Bravo! Somit hast du deine Aufgabe erhalten. Bitte kümmere dich darum. Ich erwarte erste Ergebnisse morgen Vormittag.«

Marc wollte schon opponieren. Doch als er Lucies Blick sah, ließ er es lieber.

»Um 10:00 Uhr erhältst du erste Ergebnisse meiner Recherche.«

»Einen Tipp habe ich für dich. Am besten sprichst du mit den Spezialisten des Atomkraftwerks, die morgen den Safe untersuchen. Vermutlich können sie dir Hinweise geben.«

»Wäre angebracht. Die kommen sicher erst nach 10:00 Uhr.«

Lucie rollte mit den Augen.

»Ich erledige beides«, kündigte er vollmundig an.

»Und ich knöpfe mir Pietro Mauro vor. Ich hatte schon die Ehre, ihm im *Carlton* über den Weg zu laufen. Babette? Wir machen das hoch offiziell. Kannst du für mich an der Rezeption anrufen und fragen, ob er sich im Hotel aufhält. Wenn ja, dann vereinbare einen Gesprächstermin. Er soll merken, dass wir an ihm und dem Fall dran sind.«

»Pietro Mauro. Richtig? Er ist im *Carlton* abgestiegen? Welche Stellung nimmt er ein? Es wäre von Vorteil, wenn ich mehr über ihn weiß.«

Erneut sah Lucie Marc an. Dieses Mal schaltete er schneller, indem er seiner Kollegin vorschlug:

»Ich kann dir über ihn berichten, Babette. Er ist Italiener und an diversen Unternehmen beteiligt. Seit einiger Zeit an der Filmproduktion *La Lumière*. Diese hat die Fabrice Petit-Filme produziert. René Carriere spielte den Detektiv und war auch finanziell engagiert.«

»Hast du Aufzeichnungen, die ich mir durchlesen kann?«, wollte die Sekretärin wissen.

»Komm mit. Ich gebe sie dir.«

»Bitte zuerst im Krankenhaus anrufen«, intervenierte Lucie.

Babette spülte ihre Kaffeetasse aus. Dabei sah sie Lucie erfreut an.

»*Commissaire* Girard. Sie haben mich soeben engagiert. Ich freue mich auf eine erfolgreiche Zusammenarbeit.«

Lucie lächelte die Sekretärin gewinnend an.

»Die werden wir haben. Dessen bin ich mir sicher.«

Marcs Blick wanderte zwischen den beiden Frauen hin und her. Ihm war klar, dass er sich mächtig anstrengen musste, um den Respekt von Lucie Girard zurückzuerlangen.

Da die *Commissaire* über keinen Arbeitsplatz im Polizeipräsidium in *Cannes* verfügte, setzte sie sich in ein nahegelegenes *Café,* um sich Notizen zu machen. Sie wählte einen Tisch im hinteren Bereich der Terrasse. Vorne saß eine Gruppe Engländer, die nach der Lautstärke ihrer Unterhaltung zu urteilen, schon einige *Pastis* getrunken hatten. Sie bestellte sich eine *Orangina*, obwohl ihr nach einem kühlen *Rosé* gelüstete.

Die erste Frage, die sie aufschrieb, erschien ihr gleichzeitig auch die Entscheidende.

Wurde René Carriere Opfer eines Mordanschlags? Die zweite Frage ergab sich aus der Ersten:

Wer wollte ihn loswerden? Oder sich an ihm rächen?

Die dritte Frage folgte aus dem Tatbestand heraus.

Ließen sich Rückschlüsse durch die Verwendung von Polonium auf den Täter ziehen?

Als weitere Fragen notierte sie:

Warum bewahrte er das Päckchen in seinem Safe auf? Wusste er nicht, was sich darin befand?

Folgende Fakten schrieb sie auf:

- René Carriere wurde als Schauspieler infrage gestellt. Regisseur Didier Antune machte ihm das Leben schwer. Die

Fabrice Petit-Filmreihe sollte modernisiert werden. Carriere war abgemeldet.

- Mathilde Carriere fand heraus, dass ihr Mann geheime Treffen hatte. Sie vermutete unlautere Geschäfte, in die er verwickelt war.

- Pietro Mauro wird neuer Hauptanteilseigner von *La Lumière*. Er profitiert von Carrieres Tod. Er erhält die Majorität der Anteile und volle Kontrolle über die Filmproduktion. Mit dem geplanten Börsengang stabilisiert er seine Position und Macht.

- Die Obduktion Carrieres ergab, dass er mit dem hochradioaktiven Material *Polonium* in Kontakt gekommen war. Die Strahlung tötete ihn.

- Mathilde Carriere öffnete den Safe ihres Mannes. Sie fand ein Paket. Danach litt sie an den gleichen Symptomen wie ihr verstorbener Gatte.

Nachdem sie sowohl Fragen als auch Fakten niedergeschrieben hatte, kam die *Commissaire* erneut zu der Erkenntnis, dass es eine Person gab, die über die Mittel und die Möglichkeiten verfügte, René Carriere zu beseitigen – Pietro Mauro. Sein Motiv: Macht und Anerkennung.

Ihr war klar, mit welchem Kaliber sie sich anlegen würde. Mauro war italienischer Staatsbürger. Eine zusätzliche Hürde. Sie entschied, ihren Vorgesetzten Sebastian Cassel einzuweihen. Er sollte ihr den Rücken freihalten. Sie hatte keine Lust, zurückgepfiffen zu werden.

Nach einer Stunde kehrte sie in das Kommissariat zurück. Babette konfrontierte sie mit einer Nachricht.

»Pietro Mauro wohnt weiterhin im *Carlton*. Er ist jedoch heute Nachmittag gemeinsam mit Geschäftskollegen auf einer

Jacht im Mittelmeer unterwegs. Man erwartet ihn erst spätabends zurück im Hotel.«

Lucie sah auf ihre Armbanduhr. Es war 16:30 Uhr. Für den heutigen Tag gab es nichts weiter für sie zu tun. Sie entschied, nachhause zu fahren. Sie könnte den Zug um 18:00 Uhr nach *Saint-Raphaël/Fréjus* nehmen. Aude und Sophie würden sich freuen, mit ihr gemeinsam zu Abend zu essen. Mit einem kurzen Telefonat kündigte sie ihre Ankunft bei Imani, ihrem Kindermädchen, an. Danach wählte sie die Nummer von Sebastian Cassel. Sie schilderte ihm die aktuelle Situation und ihr geplantes Vorgehen. Nachdem er zigarillorauchend zugehört hatte, bemerkte er:

»Gibt es keine normalen Mordfälle mehr? Ein Messerangriff? Eine Schießerei? *Polonium?* Radioaktive Strahlung? Das klingt nach einem Politikum. Ich muss die Präfektin Gisele Mailard einschalten. Sie wird sich mit ihrem Kollegen im *Département Alpes-Maritimes* besprechen. Rechne nicht mit einer schnellen Entscheidung.«

Lucie hatte damit gerechnet. Sie intervenierte:

»Aber … ich kann nicht warten. Der Fall ist heiß. Zudem hält sich der Hauptverdächtige momentan in *Cannes* auf. Ansonsten lebt er in Rom.«

Sebastian hustete trocken. Sie sah ihn vor sich, wie er an seinen Schreibtisch gelehnt ein Zigarillo rauchte. Meistens genoss er dabei den Blick auf den Hafen in *Toulon,* wo die Fährschiffe nach *Korsika* ablegten.

»Solange du ihn nicht festnimmst und ihn nur befragst, hast du mein Einverständnis. Und halte die Presse heraus! Wenn die über radioaktive Strahlung berichten, bekommen die Leute Panik. Man wird sich fragen, wie dieses Material in die Hände von Privatleuten gelangen konnte. Genau das frage ich mich auch.«

Lucie erklärte ihrem Chef, dass sie einen Kollegen aus dem Kommissariat in *Cannes* beauftragt hatte, die Spur des *Poloniums* zu verfolgen. Sebastians Reaktion war eindeutig:

»Rufe ihn zurück! Das ist nicht unsere Aufgabe. Nach zwei ungeschickten Telefonaten haben wir den Innenminister am Hals. Kümmere dich um die Aufklärung des Mordfalles.«

Das waren klare Worte, denen sie sich nicht widersetzen wollte. Ihrem jungen Kollegen fehlte jegliche Erfahrung in einer solch heiklen Angelegenheit.

»Das werde ich. Die *Polonium*-Recherche wird eingestellt.«

Sebastian atmete erleichtert aus.

»Ich versuche, auf indirektem Weg mehr herauszufinden. Lass mich mal machen. Ich kenne da jemanden. Den werde ich anrufen. Du hörst von mir.«

Da Sebastian ein zweites Gespräch auf der anderen Leitung erhielt, beendeten sie das Telefonat. Kurz nachdem sie aufgelegt hatte, realisierte die *Commissaire,* dass sie nicht über das Paket in Carrieres Safe gesprochen hatten. Auch die morgige Untersuchung des Spezialteams aus dem Atomkraftwerk war unerwähnt geblieben. *Sollte sie ihn deshalb erneut anrufen?* Sie entschied sich dagegen. Nach Ende der Analyse gäbe es einen sinnvolleren Zeitpunkt.

Die Zeit wurde knapp, wenn sie den Zug nach *Saint-Raphaël* erwischen wollte. Sie informierte Marc über die *Polonium*-Entscheidung. Er wollte mit ihr diskutieren, was sie ablehnte. Früher hätte sie sich darauf eingelassen.

Im Taxi auf dem Weg zum Bahnhof freute sie sich, nach *Fréjus* zurückzukommen und den Abend auf ihrer kleinen

Dachterrasse zu verbringen. *Cannes* war mondän und elegant. Sie empfand es als unpersönlich und aufgesetzt. Ein Leben in dieser nie zur Ruhe kommenden Stadt mit internationalem Flair konnte und wollte sie sich nicht vorstellen.

Chapitre quatorze

Altstadt von Fréjus, Freitag, 8. September 1978

Am gestrigen Abend war es spät geworden. Lucie hatte mit Patric eine Flasche schweren Rotwein vom *Château Bernaise* geleert. Da sie nach der Zugfahrt keinen großen Appetit auf den Eintopf von Imani gehabt hatte, begnügte sie sich mit frischen Tomaten, Oliven und Schafskäse. Dazu hatte sie ein *Epi* im Ofen aufgebacken.

Ihr Mann hatte sich in diesem Sommer optisch und körperlich deutlich verändert, was Lucie begrüßte. Er hatte sich einen Vollbart wachsen lassen. Seinen Bauch hatte er durch tägliches Laufen wegtrainiert. Seitdem trug er bevorzugt enge Jeans und dazu ein blitzsauberes weißes T-Shirt. Seine Haare waren raspelkurz geschnitten und am Oberarm prangte ein Tattoo in Form eines feuerspeienden Drachens, dem Stadtwappen von *Draguignan*. Seinen alten Drahtesel hatte er durch eine *Harley Davidson* ersetzt, mit der er laut bollernd durch die engen Gassen von *Fréjus* donnerte.

Frisch geduscht begrüßte er Lucie, die mit feuchten Haaren am Frühstückstisch saß und ihm einen Kuss auf den Mund drückte.

»Du riechst männlich!«, bemerkte sie.

Auf ihre Bemerkung war er vorbereitet. Enthusiastisch erklärte er:

»Stell dir vor, es gibt ein *Harley Davidson*-Parfum. Das habe ich mir gestern gegönnt. Gefällt es dir?«

»Es passt zu deinem neuen Stil. Die Bikerstiefel? Sind die auch neu?«

Er hob einen Fuß und drehte ihn von rechts nach links.

»Im *Used-Look*. Aus dem neuen *Store* in *Draguignon*.«

»Dass du mal auf so etwas stehst, hätte ich nie für möglich gehalten.«

Er grinste schief.

»Der Teddybär und Softie, der ich mal war, den habe ich hinter mir gelassen.«

»Ab und zu darfst du ruhig noch brummen, wenn du deine schlanke Figur behältst. Du siehst scharf aus!«

Er drückte seine Brust heraus und spannte seine Muskeln an.

»Jetzt fehlt nur noch die Rockerbraut. Wie wäre es? Begleitest du mich morgen in den *Store?* Dann besorgen wir dir eine stilechte Lederjacke und ein paar Bikerboots.«

Lucies Begeisterung hielt sich in Grenzen. Wie üblich krümelte sie ihr *Croissant* auf dem Teller, bevor sie es mit Marmelade drapierte.

»Ich muss gleich zurück nach *Cannes*. Eventuell bleibe ich den Samstag dort. Imani habe ich vorgewarnt. Zum Glück muss sie dieses Wochenende nicht ihrer Mutter helfen.«

Patric strich sich über seinen Bart. Leider sah man nun seine Grübchen nicht mehr. Er wirkte insgesamt strenger. Die vielen grauen Haare unterstützten den Eindruck.

»Wie wäre es, wenn ich dich fahre? An der Küste unterhalb des *Esterel*-Gebirges entlang. Über *Agay* und *Théoule-sur-Mer*. Das ist eine klassische Motorradroute. Du bekommst einen Helm, den ich für dich ausgeliehen habe. Am Wochenende wollte ich sowieso eine Tour mit dir unternehmen.«

Patrics Initiative gefiel Lucie. Noch vor einem Jahr wäre er nie auf eine solche Idee gekommen. Für ihn hatte es nur sein Restaurant, die *Auberge,* gegeben. Alle gemeinsamen Aktivitäten waren im Laufe der Zeit eingeschlafen. Jetzt saß ein anderer Mann mit ihr am Frühstückstisch, was ihrer Beziehung eine neue Dynamik verlieh.

»Einverstanden. Ich hatte sowieso keine Lust, mit dem stinkigen Zug zu fahren. Aber ist dir das nicht zu viel? Du solltest spätestens um halb zwölf in der *Auberge* sein.«

»Ach was. Ich habe Mitarbeiter, auf die ich mich verlassen kann. Wenn der Chef kommt, ist alles vorbereitet. Ich kontrolliere nur noch.«

Lucie war verblüfft. Patric delegierte? Das war ein Novum für sie.

»Hast du ohne mein Wissen einen Managementkurs besucht? Das sind ja ganz neue Töne!«

Er stand auf und öffnete eine Schublade in der Kommode.

»Hier meine Lektüre – *Chef ohne Stress*. Solltest du mal lesen. Man gibt seinen Mitarbeitern Raum zur Entfaltung. Dann läuft alles wie geschmiert!«

Lucie sah ihn skeptisch an.

»Wenn sie in der Lage sind, den Freiraum sinnvoll zu nutzen. Ich habe da meine Erfahrungen gemacht. Gerade gestern ...«

»Sag nur, *Gendarm* Hugo hat wieder einmal Mist gebaut?«

Patric wusste nicht von Marc Pianetti, mit dem seine Frau in *Cannes* zusammenarbeitete.

»Hugo gehört zur *Gendarmerie* in *Saint-Tropez*. Das solltest du mittlerweile wissen«, machte sie ihm klar.

»Stimmt. Du warst in *Cannes*. Mit wem hast du da zu tun?«

Lucie schenkte sich aus der Espressokanne Kaffee nach und süßte ihn mit reichlich Zucker.

»Er heißt Marc Pianetti. Ist italienischer Abstammung. Ein witziger Typ. Leider etwas überambitioniert. Und chaotisch.«

»Aber du magst ihn. Das sehe ich dir an«, stellte er treffend fest.

»Kann sein. Jedenfalls ...«

Das Telefon klingelte.

»Imani?«, rief Patric.

»Sie bringt die Mädchen in die Schule.«

»Ich dachte, sie sei zurück.«

»Sie ist noch einkaufen. Ich gehe ran. Ist sicher für mich.«

Patric lauschte. Aus den Wortfetzen konnte er sich zusammenreimen, wer dran war und was geschehen war.

»Ja, Marc. Die Leute vom Atomkraftwerk ... ein Überfall? Der Safe ist leer? ... Bleib in der Villa. Ich komme, so schnell ich kann. Mit dem Motorrad. Ja. Du hast richtig gehört. Mein Mann bringt mich. Rufe die Spurensicherung ... Bis gleich.«

»Ärger?«, fragte er.

»Kann man wohl sagen. Es wurde in die Villa des Mordopfers eingebrochen. Wichtiges Beweismaterial ist gestohlen worden.«

Patric sprang auf.

»Dein Einsatz *Madame la Commissaire* Girard!«

»Die *Madame* muss vorher Pipi machen.«

»Zieh dir eine Jeans an. Mit dem Rock kannst du nicht auf dem Sozius mitfahren. Und eine Jacke.«

»Am besten packe ich einen Rucksack. Du hast wahrscheinlich keine Satteltaschen?«

»Kommt noch. Nimm den Rucksack. Ich warte unten auf dich.«

Mit einem Mal war Lucie aufgeregt. Eine Motorradtour hatte sie noch nie mit ihrem Mann unternommen. Schon gar nicht auf einer *Harley*. Sie beeilte sich.

Fünf Minuten später bollerte die *Dyna Super Glide* in Richtung *D 559*. Patric ließ es gemütlich angehen. Schneller als 60 km/h war auf der kurvigen Strecke sowieso nicht möglich.

Die einmalige Landschaft verwöhnte sie mit atemberaubenden Aussichten auf das azurblaue Meer. Die intensive Farbe kontrastierte mit den feuerroten Felsen des *Esterel*-Gebirges. Sie überholten einige ambitionierte Rennradfahrer, die bergab ähnlich schnell unterwegs waren wie sie selbst. Wenn sie mehr Zeit gehabt hätten, böte sich ein Halt in *Mandelieu-la-Napoule* kurz vor *Cannes* an. Das restaurierte *Château de la Napoule* begeisterte Besucher mit seiner einzigartigen Atmosphäre und einer ungewöhnlichen Kunstsammlung. Patric lenkte die schwere Maschine sicher durch den dichter werdenden Verkehr. Es ging weiter an der Küstenstraße am Meer entlang.

Nach einer Stunde Fahrt trafen sie in *Cannes* ein. Nun mussten sie durch den stockenden Verkehr kommen, der hier herrschte. Ab und zu hupte ein Autofahrer, weil Patric ihn an einer engen Stelle überholte. Durch das laute Motorengeräusch seiner *Harley* hörte er die Warnung nicht. Er erfreute sich an dem souveränen Durchzug des bulligen *Harley*-Motors.

In *Mougins* vor der Villa der Carrieres angekommen, sprang Lucie von der unbequemen Rücksitzbank herunter. Ihr Allerwertester tat ihr weh. Ihren unteren Rücken spürte sie nicht mehr. Sich vorsichtig aufrichtend, stöhnte sie.

»Wir waren schnell, aber es war eine Tortur.«

Sie zog den engen Jethelm ab und lockerte ihre Haare mit der Hand.

Patric kündigte an:

»Wenn wir öfter zusammen fahren, werde ich die Sitzbank austauschen. Sie ist eigentlich nur für eine Person ausgelegt.«

»Das sagst du mir jetzt?«

»Ich wollte dich unbedingt mitnehmen. Und wir haben es gut geschafft. Hat es dir ansonsten gefallen?«

Lucie wollte ihn nicht verärgern, deshalb antworte sie diplomatisch:

»Es war ein besonderes Erlebnis. Du bist flott und sicher gefahren.«

Er strahlte über sein bärtiges Gesicht.

»Dann kannst du jetzt deine Arbeit erledigen. Ich mache mich gleich auf den Rückweg.«

Sie küssten sich. Patric verstaute Lucies Helm auf dem kleinen Gepäckträger. Dann startete er den 1585-Kubik-Motor. Bevor er losfuhr, ließ er ihn mehrmals hochdrehen. Lucie hielt sich die Ohren zu. Aus der Villa kam Marc gestürzt. Er sah sich verwundert um. Dann registrierte er Lucie Girard neben der *Harley Davidson,* was ihm ein breites Grinsen entlockte.

»Das nenn ich mal einen Auftritt *Madame la Commissaire*. Gratulation!«

»Männer! Ihr seid doch alle gleich. Begeistert euch für solche Höllenmaschinen. Aber ich muss zugeben, die kurvige Fahrt hat mir Spaß gemacht. Auch wenn ich meinen Rücken nicht mehr spüre.«

»Du solltest mal auf einer *Ducati* mitfahren. Das ist echtes *Racing*. Nicht wie *Cruisen* auf einer dicken *Harley*.«

»Danke. Das Tempo war genau richtig und angenehm für mich. So konnte ich die Landschaft genießen und musste nicht dauernd die Luft anhalten.«

Er geleitete sie in Richtung des Eingangs der Villa.

»Sieh dir am besten gleich den Tatort an. Das ist kein Genuss. Die Einbrecher haben alles auf den Kopf gestellt. Die Spurensicherung ist fast durch. Momentan beschäftigen sie sich mit dem leergeräumten Safe.«

Lucie stellte gleich die entscheidende Frage:

»Das Paket wurde gestohlen?«

»Ja. Nach den Einbruchsspuren und dem Vorgehen zu urteilen, waren klassische Diebe am Werk. Die Beute schätze ich samt *Rolex,* Bargeld und Gold auf dreihunderttausend *Francs.* Das ist konservativ gerechnet. Nur gut, dass du Fotos gemacht hast. So wissen wir, was entwendet wurde.«

Lucie interessierte sich ausschließlich für den Verbleib des Paketes.

»Konnten die Spezialisten vom Atomkraftwerk *Tricastin* Messungen vornehmen?«

In der Zwischenzeit hatten Lucie und Marc das Arbeitszimmer von René Carriere betreten. Sie kamen an dem Hausmädchen Audrey vorbei, die im Flur vor dem Zimmer auf einem Stuhl saß. Als sie die *Commissaire* kommen sah, blickte sie auf und erleichterte ihr schlechtes Gewissen:

»Wäre ich nur hiergeblieben, *Commissaire* Girard. Es tut mir leid. Es wäre sicher nicht eingebrochen worden. Jetzt ist es zu spät.«

Lucie blieb stehen und ging vor Audrey in die Knie.

»Machen Sie sich keine Vorwürfe. Seien Sie froh, dass Sie nicht anwesend waren. Die hatten kurzen Prozess mit Ihnen gemacht.«

Vor Schreck hielt Audrey ihre Hand vor den Mund.

»Meinen Sie? Mit was für Leuten hat sich der Hausherr nur abgegeben? Die Sorgen der *Madame* waren demnach begründet. Was ich Ihnen noch sagen wollte ...« Ihre Stimme stockte und wurde leiser. Sie sprach in einem vertraulichen Ton. »Vor seinem Tod kam *Monsieur* Carriere kurz in die Villa. Er hat mich gebeten, es nicht seiner Frau zu verraten.«

Audrey sah die *Commissaire* erwartungsvoll an. Sie fühlte sich wichtig, trug sie doch zur Aufklärung eines Mordfalles bei.

»Das fällt Ihnen aber spät ein«, rügte Lucie das Hausmädchen.

»Als wir uns letztes Mal gesehen haben, gab es keine Gelegenheit ...«

»Wissen Sie zufälligerweise, warum er aufgetaucht ist? Er hielt sich zu dieser Zeit in England auf. Man fliegt nicht ohne triftigen Grund nach *Nice* zurück.«

»Das habe ich mich auch gefragt. Nach seiner Ankunft hat er sich sofort in sein Arbeitszimmer zurückgezogen.«

Audrey tat geheimnisvoll. Lucie spürte, dass die junge Frau mehr wusste.

»Sie haben nicht zufällig ...«

Das Hausmädchen errötete.

»Die Schiebetür von seinem Büro zum Salon stand einen Spalt offen. So konnte ich einen Blick hineinwerfen.«

»Und was haben Sie rein zufällig beobachtet?«

»Er hat den Safe geöffnet und ein kleines Päckchen hineingelegt. Ich glaube, er hat auch Geld herausgenommen. Mehr passierte nicht. Dann verschwand er wieder. Schon komisch, oder? Und jetzt ist alles gestohlen worden.« Audrey stöhnte theatralisch. »Und der *Madame* geht es unverändert schlecht. Ich habe mich im Krankenhaus erkundigt. Sie haben sie in ein künstliches Koma versetzt. Stellen Sie sich das mal vor!«

Für Lucie gab es zwei Möglichkeiten. Entweder wussten die Einbrecher von dem gefährlichen Inhalt des Päckchens und wollten es in Sicherheit bringen, oder es waren ordinäre Diebe, welche die Gelegenheit kurz nach Carrieres Tod genutzt hatten, um in die Villa einzudringen.

Traf Letzteres zu, dann schwebten diese Leute in akuter Lebensgefahr. Von dem *Polonium* ging noch immer eine tödliche Strahlung aus, falls man in direkten Kontakt damit kam.

»Die Ärzte wissen, was sie tun. Wir haben sie über den Grund Mathilde Carrieres Siechtums informiert.«

Audrey sah die *Commissaire* mit ihren großen Rehaugen fragend an.

»Was hat sie denn? Eine seltene Krankheit?«

»Darüber darf ich nicht sprechen. Bitte bleiben Sie weiter dem Arbeitszimmer fern. Wir sperren es ab.«

»Was haben die Leute in den Schutzanzügen mit den komischen Geräten gesucht?«

Lucie hatte keine Lust auf weitere Erklärungen.

»Sie bleiben am besten hier sitzen. Ich gehe rein.«

Audrey zitterte. Die *Commissaire* legte ihre Hand auf die Schulter des Hausmädchens.

»Bald haben wir es überstanden.«

Audrey schniefte. Sie machte sich Sorgen um ihre Zukunft.

Marc hatte im Hintergrund geduldig auf Lucie Girard gewartet und sich still verhalten. Nun übernahm er die Initiative, während sie René Carrieres Arbeitszimmer betraten.

»Du wolltest wissen, ob Messungen vorgenommen wurden? Am besten sprichst du selbst mit dem Einsatzleiter. Er hat auf dich gewartet. Sein Name ist Olivier Picard. Der große Typ, der dort am Fenster steht. Wie du siehst, haben sie ihre Schutzanzüge ausgezogen.«

Lucie näherte sich dem Mann. Er drehte sich zu ihr. Dabei sah er sie mit ernster Miene an.

»Sie müssen *Commissaire* Girard sein. Man hat sie mir bereits angekündigt. Es ist Ihnen klar, dass wir den Vorfall melden müssen. Mit *Polonium* ist nicht zu spaßen. Wir haben Partikel auf und unter dem Schreibtisch gefunden. Die Messungen haben ergeben, dass diese und die restlichen Teilchen eine starke Alphastrahlung aufweisen.«

Die *Commissaire* begrüßte den Spezialisten erst einmal förmlich:

»*Bonjour Monsieur* Picard, Danke für Ihre professionelle Einschätzung. Wir haben Sie gerufen, weil unserer Leute sich nicht mit diesem Stoff auskennen. Wir benötigen die Bestätigung von Fachleuten, die für eine solche Untersuchung ausgebildet und ausgestattet sind.«

Man sah Picard an, dass er sich wichtig genommen fühlte. Er richtete sich zu voller Größe auf, dabei überragte er die *Commissaire* deutlich. Seine Erklärungen gingen weiter ins Detail.

»*Polonium 210* hat eine Halbwertszeit von 138 Tagen. Das bedeutet, 50% der Strahlenbelastung wird in dieser Zeitspanne durch das Emittieren der Alphateilchen abgebaut. Da es gestohlen wurde, kann ich Ihnen nicht auf den Tag genau sagen, wie weit der Zerfall und die damit verbundene Reduzierung der Strahlung fortgeschritten ist. Aber wie schon erwähnt, das *Polonium* hier ist weiterhin lebensgefährlich.

Vorausgesetzt man kommt in direkten Kontakt mit den Partikeln. Sind sie in einem geschlossenen Gefäß oder in einer Hülle, wird die Strahlung abgeschirmt. Um sich dieser auszusetzen, muss man etwas davon einatmen oder zu sich nehmen.«

Lucie klärte Picard auf.

»Der Eigentümer dieser Villa ist bereits daran gestorben. Seine Frau liegt im Krankenhaus. Vermutlich hat sie das Paket geöffnet, in dem sich das *Polonium* befand. Und nun wurde es gestohlen. Was raten Sie, sollen wir unternehmen?«

»Wie schon erwähnt, muss ich den Fall der Atomenergiebehörde melden. Wir wissen nicht, woher das *Polonium* stammt. Es ist höchstwahrscheinlich künstlich hergestellt worden. So etwas können nur sehr wenige Staaten und dort eigentlich nur Mitarbeiter in einem Atomkraftwerk.«

Lucie war mit der Erklärung noch nicht zufrieden.

»Welche Ausgangsstoffe werden zur Herstellung benötigt? Wie kommt man an diese heran?«

»Sie brauchen dazu *Bismut* oder *Wismut*. Es wird mit Neutronen beschossen. Das ist nur in Kernreaktoren möglich. Vorstellbar ist, dass das *Polonium* nach Fertigstellung auf dem Transportweg entwendet worden ist. Vielleicht in Russland. In Frankreich kann ich es mir nicht vorstellen. Trotzdem ist es eine gewagte Hypothese. Auf jeden Fall haben wir es mit einer perfekten Tötungsmethode zu tun. Die Spuren beseitigen sich im Körper eines verstrahlten Opfers nach circa vierzig Tagen von selbst. Dann kann man es kaum noch nachweisen.«

Wie viel Zeit war bis zur Exhumierung Carrieres vergangen?, überlegte Lucie. Daraufhin erklärte sie:

»Das Opfer wurde circa dreißig Tage nach seinem Tod obduziert. Der Pathologe hat eine spektrometrische Analyse durchführen lassen. So sind wir auf die Strahlenbelastung aufmerksam geworden.«

Monsieur Picard sah die *Commissaire* skeptisch an.

»Ein ungewöhnlicher Vorgang. Ich habe noch nie davon gehört, dass so etwas bei einem Mordopfer regulär angewendet wurde.«

»Es war Zufall. Oder Eingebung. Der zuständige *Pathologe Docteur* Honfleur hatte kurz zuvor einen wissenschaftlichen Artikel über *Polonium* in einer Fachzeitschrift gelesen. Ihm ist es zu verdanken, dass wir der tödlichen Strahlung auf die Spur gekommen sind.« Lucie fragte erneut: »Sie haben mir nicht gesagt, was wir unternehmen sollen? Schweben die Diebe in Lebensgefahr?«

»Ja. Und deren Abnehmer. Alle, die gewollt oder ungewollt mit den Partikeln in Kontakt kommen«, ergänzte *Monsieur* Picard. »Ich befürchte, wir können nur abwarten. Das Problem löst sich von selbst.«

»Damit nehmen wir in Kauf, dass es zu weiteren Strahlentoten kommt«, prognostizierte die *Commissaire*.

»Was wäre die Alternative? Wir können keine allgemeine Warnung in der Presse veröffentlichen. Die Leute würden in Panik verfallen. Auch im Sinne der kollektiven Sicherheit ist das nicht zu empfehlen. Kernkraftwerke unterliegen den höchsten Sicherheitsstandards. Wenn herauskommt, dass irgendwo eine Sicherheitslücke ist, haben wir einen landesweiten, vielleicht sogar einen weltweiten Skandal.«

Lucie begriff.

»Wir verschweigen es also?«

»Ja. Das ist die einzig sinnvolle Möglichkeit. Ich gehe davon aus, dass Sie und Ihr Team sich schriftlich dazu verpflichten müssen. Es darf keinerlei Hinweis an die Öffentlichkeit dringen.«

Seine letzten Worte hatte Picard mit Nachdruck und überdeutlich ausgesprochen, so dass auch Marc Pianetti, der neben ihnen stand, darauf einging.

»Unsere Ermittlung können aber weiterlaufen?«, fragte er.

»Nur wenn Sie die Todesart unerwähnt lassen«, antwortete der Nukleartechniker, Picard.

Lucie realisierte, dass sie *Docteur* Honfleur informieren musste. Er neigte dazu, sich und seine Arbeit in Fachkreisen darzustellen. Ein solch ungewöhnlicher Fall war für ihn sicherlich eine Meldung wert.

Außerdem wurde ihr bewusst, dass sie die gewonnenen Erkenntnisse an Sebastian Cassel weitergeben sollte. Hier bahnte sich eine unkontrollierbare Kettenreaktion an. Sie bedankte sich bei Olivier Picard, der kurz darauf gemeinsam mit seinem Kollegen die Villa verließ.

Mit eingezogenen Schultern stand Marc neben ihr an den wuchtigen Schreibtisch gelehnt. Er wirkte verstört.

»Was können wir tun? Der Fall gleitet uns aus den Händen. Das *Polonium* ist eine äußerst gefährliche Substanz. Weitere Menschenleben stehen auf dem Spiel. Wir sind die Einzigen, die davon wissen. Die Verantwortung ist enorm. Sie erdrückt mich förmlich. Ich spüre es in meiner Brust.« Er klopfte sich mit beiden Händen auf den Oberkörper.

Lucie zeigte Verständnis für die Empfindungen des jungen *Commissaires*. Ihr war aber gleichzeitig bewusst, dass sie einen kühlen Kopf bewahren sollten. Panik war nicht angebracht. Deshalb machte sie ihm klar:

»Marc, ich habe vor, meinen Vorgesetzten in Kenntnis zu setzen. Er muss darüber urteilen, ob ich weiter hier in *Cannes* ermitteln darf oder ob eine Spezialeinheit den Fall übernimmt.« Sie konfrontiere ihn mit einer bitteren Erkenntnis: »Bis zu seiner Entscheidung hältst du die Füße still.«

Er sah sie entgeistert an.

»Was? Jetzt wo es spannend wird, bin ich raus? Äh ... Lucie. Das kannst du nicht machen. Vertraust du mir nicht?«

Die Situation erforderte es, konsequent und verantwortlich zu handeln. Ihr junger Kollege bekam ihre Entschlossenheit zu spüren.

»Wir dürfen uns keine Fehler erlauben. Die Presse ...«

Sein italienisches Temperament ging mit ihm durch. Aufbrausend erwiderte er:

»Das ist es! Du trägst mir die Sache mit *La Repubblica* nach. Ja, es war mein Fehler. Das stimmt. Ich werde ihn bestimmt nicht wiederholen. Egal wer anruft, ich schweige.« Er hob die Hand zum Schwur.

»Bitte habe Verständnis. Lass mich mit Sebastian telefonieren. Dann sehen wir weiter. Du kannst dich in der Zwischenzeit um die schriftliche Aufstellung des Diebesguts kümmern. Ich will genau wissen, was entwendet wurde. Die Fotos sind entwickelt?«

Er schluckte und nickte.

»Sie liegen auf meinem Schreibtisch. Selbstverständlich übernehme ich das. Von wo möchtest du telefonieren? Soll ich dich mit ins Präsidium nehmen? Ich kann versuchen, dir dort einen Arbeitsplatz zu organisieren. Wie wäre das?«

»Eine gute Idee. Dann lass uns gleich aufbrechen. Wir haben keine Zeit zu verlieren. Wer weiß, wer alles mit dem *Polonium* in Kontakt gekommen ist.«

»Oder noch in Kontakt kommen wird«, ergänzte Marc mit ernster Mine.

Ihr Schreibtisch war ein ausgedienter Beistelltisch, der an Marcs Arbeitsplatz gestellt worden war. Sie kam sich wie seine Praktikantin vor. Immerhin hatte sie ein Telefon und Schreibutensilien erhalten.

Während Marc die Liste der gestohlenen Gegenstände im Einfingersuchsystem auf seiner Schreibmaschine tippte, rief Lucie im Polizeipräsidium in *Toulon* an.

Seit Sebastian über keine persönliche Sekretärin mehr verfügte, musste er die eingehenden Gespräche selbst annehmen. Nach dreimaligem Klingeln hob er ab.

Lucie beschrieb ihm ohne große Vorrede die Situation im Telegrammstil, mit der sie konfrontiert waren. Er ging, nachdem er sich ein Zigarillo angezündet und einige Züge inhaliert hatte, darauf ein.

»Ich fasse zusammen: Die Strahlung des *Poloniums* ist weiterhin tödlich. Wir wissen nicht, wo es sich befindet. Eine Suche scheint zwecklos. Die Alphastrahlung entweicht nur, wenn man es ungeschützt berührt oder zu sich nimmt. Ist es verpackt, geht von ihm keine Gefahr aus. Eine überregionale Suchaktion macht keinen Sinn und würde die Bevölkerung in Panik versetzen. Der Nukleartechniker aus dem Atomkraftwerk hat Recht. Wir können nur abwarten, ob eine weitere Person mit den typischen Symptomen ärztliche Hilfe benötigt. Dann sollten wir schnell und konsequent zuschlagen. Wir stellen fest, um wen es sich handelt, und finden seine Auftraggeber heraus. Am besten informieren wir die Allgemeinmediziner und die Krankenhäuser in ganz Frankreich. So erfahren wir unverzüglich, in welcher Gegend oder Stadt sich das *Polonium* befindet. Bist du damit einverstanden?«

Wie so oft zuvor war Lucie von Sebastians Vorgehen angetan. Er handelte pragmatisch, hasste Bürokratie, und verstand sich darauf, im Präsidium und bei seiner Vorgesetzten, der Präfektin Gisele Mailard, vorzusprechen und mit einem eindeutigen Ergebnis zurückzukommen.

Lucie sah sich in dem Großraumbüro, in dem sie saß, um. Es gab einige Kolleginnen und Kollegen, die eine qualmende Zigarette im Mundwinkel hatten. Rauchen und dabei Telefonieren war eine weit verbreitete Unsitte, der sie sich gerne anschloss. Die kleinen weißen Glimmstängel zeigten bei ihr eine therapeutische Wirkung. Nachdem sie genüsslich qualmte, antwortete sie in entspanntem Ton:

»Und ob. Ein solches Vorgehen hatte ich auch im Sinn. Darüber hinaus könntest du mir einen weiteren Gefallen tun.«

»Der wäre?«

»Es geht um den Haupteigner der Filmproduktionsgesellschaft *La Lumière*. Sein Name ist Pietro Mauro. Ein Römer. Ich benötige fundierte Informationen über ihn. Sie sollten wasserdicht sein. Folgende Fragen beschäftigen mich: Seit wann ist er bei *La Lumière* engagiert? Wie sind die Besitzverhältnisse aktuell? In was hat er sonst noch sein Geld investiert? Über welche weiteren Geldquellen verfügt er? Ist er der italienischen Polizei bekannt?«

Sebastian Cassel hatte keinerlei Probleme, von seiner Mitarbeiterin einen Auftrag zu erhalten. Trotzdem konnte er sich eine Bemerkung nicht verkneifen.

»Ist dir bewusst, dass du mich damit von meinen eigentlichen Aufgaben abhältst?«

Lucie antwortete verständnisvoll.

»Ist mir schon klar. Leider verfüge ich hier in *Cannes* nicht über die notwendigen Ressourcen.« Sie senkte ihre Stimme und sprach in vertraulichem Ton. »Und meinem jungen Kollegen traue ich die Recherche nicht zu. Wir müssen absolut diskret vorgehen.«

Sebastian verstand.

»Ich habe Folgendes vor: Außergewöhnliche Situationen erfordern überlegtes Handeln. In einer der letzten Sitzungen der *Chefs de la Police* der *Départements* wurde entschieden, eine landesweite Fax-Anschluss-Liste zu erstellen, damit wir bei medizinischen Notfällen koordiniert Hilfe anfordern können. Wir werden einen Aufruf an alle Krankenhäuser senden. Ob es eine Liste der niedergelassenen Hausärzte gibt, muss ich herausfinden. Bezüglich Pietro Mauro werde ich *Interpol* anzapfen. Du kannst mit meiner Antwort in den nächsten Stunden rechnen. Falls der Italiener jemals etwas ausgefressen hat, wissen die Kollegen das. Und ich werde mich bei der Präfektin dafür einsetzen, dass eine *Orange Notice* von *Interpol* an die angeschlossenen Polizeiorganisationen der Mitgliedsländer herausgeht, die vor illegalem Handel mit *Polonium* warnt.«

Lucie war zufrieden. Mehr konnte sie nicht erwarten. Als sie das Gespräch beendete, blieb trotzdem ein Gefühl der Ohnmacht. Ihr war klar, dass sie bisher nicht den eigentlichen Grund für den Tod von René Carriere herausgefunden hatte.

Ihr kam es so vor, als ob sie als Beifahrerin in einem Auto saß, dessen Fahrer die Kontrolle verloren hatte. Von ihrem Sitz versuchte sie das Lenkrad zu erreichen, um den Wagen auf der Straße zu halten.

Chapitre quinze

Ein Jahr zuvor. In einem Spa in Rom

Die beiden Männer saßen in einem öffentlichen Dampfbad schwitzend nebeneinander. Seit wenigen Minuten waren sie allein. Pietro Mauro, tupfte sich den Schweiß mit einem Handtuch aus dem Gesicht. René Carriere prustete. Sein Kopf war knallrot wie eine Tomate. Es sah aus, als ob sie gleich platzen würde. Er wendete sich zu dem Italiener und fragte ihn im Flüsterton:

»Sie haben also tatsächlich vor, bei *La Lumière* einzusteigen? Haben Sie es sich gut überlegt? Das Filmgeschäft hat seine eigenen Regeln. Man benötigt einen langen Atem, um erfolgreich zu werden.«

Mauro lehnte sich zurück, indem er sich mit seinen Ellenbogen auf die Holzplanken hinter sich abstützte. Er antwortete unaufgeregt.

»Business ist Business. Am Ende kommt es darauf an, dass das Produkt stimmt, bei den Käufern ankommt und ein Gewinn erwirtschaftet wird. Genau an diesem Punkt hat die Geschäftsleitung von *La Lumière* in den letzten Jahren versagt. Ich habe mir die Bilanzen angesehen. Von den zwölf Filmen, die vergangenes Jahr in die Kinos kamen, waren nur zwei nach Abzug aller Produktions- und Vertriebskosten profitabel. Ein Kinderfilm und der letzte Petit-Krimi. Wobei dieser im Vergleich zu den Vorherigen aus der Reihe deutlich schwächer abgeschnitten hat. Was mich nicht wundert, denn die Produktionskosten sind exorbitant in die Höhe geschossen. Woran Sie eine Mitschuld tragen, mein lieber Carriere.«

Dem Schauspieler war klar, worauf Pietro Mauro anspielte. Seine Gage. Sie hatte sich verdoppelt. Er hatte dies in einem günstigen Moment während der Vertragsverhandlungen durchgesetzt. Von Vorteil für ihn war, dass er selbst in dem Gremium saß, dass die Investitionsentscheidungen traf. Genau das sollte ihm nun zum Verhängnis werden.

Mauro sah den aus allen Poren schwitzenden, 130kg schweren Mann missbilligend an und verkündete unmissverständlich:

»Ich habe Sie nach Rom eingeladen, Carriere, um Ihnen die Chance zu geben, einen Schlussstrich zu ziehen.«

Der weltweit bekannte und beliebte Filmschauspieler begriff nicht, worauf der Italiener anspielte.

»Was meinen Sie damit?«, fragte er verunsichert nach.

»So, wie ich es sage. Ich erwarte, dass Sie ihre 5% Anteile an *La Lumière* an mich abtreten. Finanziell soll es kein Nachteil für Sie sein. Und ...« Mauro beugte sich vor, so dass sein Schweiß auf die Beine von Carriere tropfte. »Die Petit-Krimis werden neu aufgelegt. Der nächste Film wird ihr Letzter sein.«

Die Ankündigung sorgte für einen zusätzlichen heftigen Schweißausbruch bei Carriere. Damit hatte er nicht gerechnet. Er sah sich in seiner schauspielerischen Existenz gefährdet. Schwer getroffen stammelte er:

»Das können Sie mir nicht antun. Sie ruinieren mich und meinen guten Ruf!«

Mauro zeigte kein Verständnis.

»Sie haben über viele Jahre auf Kosten der Filmproduktion Kasse gemacht. Dabei haben Sie und Ihre Kollegen es versäumt, die Petit-Krimis dem Zeitgeschmack anzupassen. Carriere, Sie haben sich selbst überlebt. Treten Sie zurück. Ich ermögliche es Ihnen. In aller Ehre. Sie werden von einem jungen talentierten Schauspieler abgelöst. Mit dem Geld, das Sie für die 5% von *La Lumière* erhalten, können Sie in den Ruhestand gehen. Mit über siebzig ist das keine Schande.«

Für René Carriere brach eine Welt zusammen. Die Rolle des Detektivs war ihm buchstäblich auf den Leib geschrieben. Er verkörperte ihn mit voller Leibesfülle und Leidenschaft. Er musste das Vorhaben des radikal handelnden Italieners stoppen. Aber wie?

Sein Schädel glühte. Er bekam kaum noch Luft. Um sich zu beruhigen und nachzudenken, schloss er die Augen. Schweigend saßen die beiden ungleichen Männer im heißen Dampf nebeneinander. Ihr Atem ging schwer. Nach einigen Minuten des Abwartens wollte Mauro wissen:

»Und? Was sagen Sie zu meinem Angebot? Im Übrigen erwarte ich von Ihnen eine Antwort bis heute Abend. Morgen treffe ich Serge Baldecchi. Wie Sie wissen, regelt er die finanziellen Angelegenheiten von *La Lumière*. Mein Vertrag zum Einstieg ist unterschriftsreif. Es fehlt nur noch Ihre Zusage. Mit Ihren 5% erhalte ich die Majorität an der Filmproduktion.« Ein siegessicheres Lächeln huschte über das Gesicht des Italieners.

Du wirst mich nicht so leicht los!, dachte Carriere. In Gedanken versunken ging er seine Möglichkeiten durch. Einer direkten Konfrontation mit Pietro Mauro war er nicht gewachsen. Er verfügte weder über die Macht noch über die finanziellen Ressourcen, den geplanten Deal zu verhindern. Aber – er war ein Schauspieler. Er stellte einen Detektiv dar, der seine kleinen grauen Zellen einsetzte, um verzwickte

Verbrechen aufzuklären. Warum sollte er diese Fähigkeit nicht im realen Leben einsetzen? In seiner Verzweiflung kam ihm eine Idee. Sie schien selbst ihm unglaublich. Er würde dafür viel riskieren müssen. Aber er hatte auch viel, vielleicht sogar alles zu verlieren.

Mauro war kurz davor, das Dampfbad, ohne Carrieres Antwort zu verlassen.

»Ich bin ein ungeduldiger Mensch. Sind Sie einverstanden?«

Carriere nahm sein zweites Handtuch und wischte sich über sein feuchtes Gesicht. Dann zwang er sich zu einem Lächeln.

»Sie können mit mir rechnen. Wenn Sie mir im Gegenzug einen Gefallen tun. Wie mir zugetragen wurde, verfügen Sie über Kontakte ... in spezielle italienische Kreise ... sie verstehen?«

Mit dieser Reaktion hatte Mauro nicht gerechnet. Er legte seinen Kopf schief und sah Carriere skeptisch an.

»Ich höre ...« Mehr musste er nicht sagen. Dann begann Carriere seine Idee darzulegen.

»Ich stecke da in einer Sache, die mich keine Nacht mehr ruhig schlafen lässt ... helfen Sie mir, da herauszukommen ... dann ...«

Chapitre seize

Am späten Freitagnachmittag in der Lounge im Hotel Carlton

Lucie hatte sich dazu entschlossen, auf Pietro Mauros Rückkehr in seinem Hotel zu warten. Sie wollte keine Zeit mehr verlieren. Der Italiener hatte laut Aussage der Rezeption vor, das Wochenende in *Cannes* zu verbringen. Jedoch war es ihr zu riskant, bis Montag auf ihn zu warten, um sich dann mit ihm zu treffen. Er konnte sich jederzeit ihrem Zugriff entziehen und sich nach Italien absetzen. Die *Commissaire* hielt ihn nach den neuesten Erkenntnissen für den Hauptverdächtigen im Fall Carriere. Bei ihrer Befragung erhoffte sie sich, ihn in die Enge treiben zu können. Und so eventuell ein unüberlegtes Handeln auszulösen.

Während Sie das Kommen und Gehen der überwiegend elegant gekleideten Hotelgäste auf einem der bequemen *Fauteuils* beobachtete, huschte ein mehrdeutiges Lächeln über ihr Gesicht. Vor ihrem inneren Auge sah sie den verwandelten Patric vor sich, wie er von seiner *Harley* abstieg, das Motorrad abstellte, den Helm absetzte und in einer engen Jeans, sowie einer stilechten Lederjacke auf sie zukam. Er sah zum Anbeißen aus. Fast hätte sie nicht mehr daran geglaubt, dass ihr Mann aus seinem jahrelangen Phlegma aufwachen würde. Seine Arbeit in der *Auberge* mit dem immer gleichen Trott in der Küche und dem Restaurant hatten ihn träge und füllig werden lassen. Er war für sie zu einem knuffigen Teddybären geworden. Dabei fehlte ihr seine männliche Anziehungskraft. Sein Sexappeal! Genau den hatte er mit seiner Typänderung wiedererlangt. Sie erwischte sich dabei, wie sie mitten in dem Nobelhotel an eine wilde Nummer mit ihm dachte. Sie dominierte ihn, indem sie auf ihm ritt. Dabei trug sie ein Lederbustier und Cowboystiefel. Während er ihre Hüften umfasste, feuerte er sie an. In gleichem Tempo steigerten sie sich bis zur Ektase.

Die Stimme eines Rezeptionsmitarbeiters, der zu ihr geeilt war, riss sie jäh aus ihrem Tagtraum.

»*Madame* Girard? Das sind Sie doch? *Monsieur* Mauro ist jetzt eingetroffen.«

»*Äh, oui. Où est-il?* Wo ist er?«, stotterte Lucie benommen.

»An der Bar. Am späten Nachmittag nimmt er für gewöhnlich einen *Apéritif* ein.«

»*Merci.* Dann gönne ich mir auch einen«, kam Lucies spontane Reaktion.

»Sehr wohl, *Madame.*«

Der junge Mann legte den Rückwärtsgang ein, drehte sich nach ein paar Metern um und verschwand hinter dem großen Empfangstresen, wo er direkt von einer englischen Lady belagert wurde.

Beim Aufstehen sah Lucie an sich herunter. Ihr knitterfreier beiger Hosenanzug, unter dem sie wie üblich eine schlichte weiße Bluse trug, war selbst in der noblen Umgebung des *Carlton* eine exzellente Wahl. Sie löste ihren Pferdeschwanz, lockerte ihre Haare mit den Händen und überprüfte ihre Erscheinung in einem großformatigen, golden eingerahmten Spiegel, der auf dem Weg zur Bar an einer Wand angebracht war. Sie hätte gerne etwas Rouge und

Lippenstift aufgetragen, doch eine zeitnahe Begegnung mit Pietro Mauro war ihr wichtiger.

Sie erspähte ihn auf einem der Barhocker sitzend. Ein Barkeeper reichte ihm ein Glas mit *Pastis* und eine mit Wasser gefüllten Karaffe. Schwarze Oliven und Eiswürfel standen in zwei Schalen bereit.

Sie zögerte nicht, ihn anzusprechen, hatte sie doch im Laufe dieser Woche mit ihm Bekanntschaft gemacht.

»Sie trinken einen *Pastis?* Da schließe ich mich gerne an«, startete sie ohne formelle Begrüßung die Konversation.

Der Italiener drehte sich zu ihr um. Aus seiner Mimik war nicht zu lesen, ob er wegen der unkonventionellen Ansprache überrascht oder verärgert war.

»*Madame* ...? Ich erinnere ich mich an unser zufälliges Aufeinandertreffen. Leider habe ich ihren Namen nicht mehr parat.«

Lucie schnickte eine Haarsträhne aus ihrem Gesicht. Dabei öffnete sie ihre Lippen, die sie dann zu einem koketten Lächeln formte. Ihr war klar, dass der Italiener ganz genau wusste, mit wem er es zu tun hatte. Trotzdem spielte sie mit.

»Den Namen einer Polizistin merken sich die wenigsten Leute gerne.« Sie streckte ihm ihre schmale Hand entgegen und stellte sich vor.

»Lucie Girard. *Commissaire* Lucie Girard. Ich ermittle im Fall René Carriere. Sie waren sicher im Kino zugegen, als seine Frau verkündete, dass ihr Gatte ermordet worden sei.«

Mauro brummte etwas Unverständliches, um dann zu bemerken:

»Und wenn? Das waren hunderte weiterer Zuschauer auch.«

»Diese Menschen sind aber nicht wie Sie Gesellschafter der Produktionsfirma der Petit-Krimis, in denen der Verstorbene viele Jahre die Hauptrolle spielte.«

Der Barkeeper hatte die *Commissaire* bemerkt. Lucie deutete auf das mittlerweile mit Wasser aufgefüllte Glas mit dem milchig trüben *Apéritif*.

»So einen *Pastis* hätte ich auch gerne.«

Sie erhielt ein bestätigendes Nicken. Gleich darauf beschäftigte sich der Barmann mit der Zubereitung des Getränks.

»Ich darf doch.« Lucie zog den neben Mauro stehenden Barhocker zu sich und rutschte geschickt auf die hoch gelegene Sitzfläche.

»Sind Sie immer so?«, fragte er in angriffslustigem Tonfall.

»Wie?«

»Dreist.«

»Ich bin zielstrebig. Ich habe einen Mordfall aufzuklären. Da sollte man keine Zeit verlieren.«

Er sah sie missbilligend an. Blieb aber die Ruhe selbst.

»Sie glauben wohl, was seine hysterische Frau behauptet hat? Mir ist zugetragen worden, dass es unserem Hauptdarsteller vor seinem Tod mehrere Tage schlecht ging. Er klagte über Schwindel und Übelkeit. Seinetwegen musste der Dreh einiger Szenen verschoben werden. Unser Regisseur war davon wenig angetan.«

Lucie hatte in der Zwischenzeit ihren *Pastis* erhalten. Sie füllte das Glas mit eiskaltem Wasser auf.

»Didier Antune informierte mich darüber. Er berichtete mir über Meinungsverschiedenheiten, die er mit ihm austrug. Sie wissen, worum es dabei ging?«

Mauro hielt der *Commissaire* eine Schachtel *Marlboro* hin. Sie lehnte höflich ab. Stattdessen holte sie eine Packung *Gitanes* aus ihrer Umhängetasche.

»Ich mag diese Marke.«

Er bemerkte:

»Ohne Filter! Eine waschechte Französin! Die italienischen Frauen bevorzugen schmale lange Zigaretten.«

»Die wären nichts für mich. Zu lasch«, bemerkte Lucie mit provokantem Unterton.

Er hob die Augenbrauen.

»Sie kokettieren mit Ihrem Image als taffe Polizistin ...«

Lucie zündete sich mit ihrem silbernen Benzinfeuerzeug die kurze *Gitanes* an und nahm einen kräftigen Zug.

»Das habe ich nicht nötig. Mir schmecken die Dinger eben. Aber lassen wir das. Carriere und sie waren nicht unbedingt Freunde.«

Mittlerweile rauchte auch er. Die *Marlboro* steckte lässig in seinem Mundwinkel. Dabei stellte er fest:

»Wir waren geschäftlich verbunden. Da ist eine Freundschaft eher hinderlich. Außerdem ist er, entschuldigen Sie, war er über zwanzig Jahre älter. Wir hatten unterschiedliche Vorstellungen, was die Entwicklung von *La Lumière* angeht. Das ist unter den Gesellschaftern bekannt.«

Lucie ergänzte:

»Sie sind Geschäftsmann. Er war Schauspieler.«

Mauro nickte und blies dabei eine Rauchwolke aus.

»Da gibt es nur wenige Gemeinsamkeiten. Insbesondere wenn der Schauspieler sich überlebt hat. Die Figur des Fabrice Petit, so wie er sie darstellte, war nicht mehr zeitgemäß.«

Während sie trank, sah sie Lucie Mauro durchdringend über das Pastisglas hinweg an.

»Das hat er permanent zu spüren bekommen. Ist es nicht so? Er stand unter enormem Druck.«

Mauro zuckte mit den Schultern.

»Er hätte sich vor Produktionsbeginn zurückziehen können. Es gab ein lukratives Angebot. Aber er willigte nicht ein. Dumm von ihm. Schon sein Alter gab ihm natürliche Grenzen vor.«

»Wie meinen Sie das? War er vergesslich?«

»Das auch. Er war stur, unkooperativ, schwerfällig und nicht mehr geeignet, einen zeitgemäßen Detektiv zu spielen. Die Zuschauer erwarten heute Action, keine langatmigen Dialoge. Der Erfolg eines Filmes wird an der Kasse entschieden. Einen Streifen zu produzieren, erfordert eine hohe Investitionssumme. Als Hauptgesellschafter von *La Lumière* bin ich für den Erfolg und die Profitabilität der Firma verantwortlich. Sie verstehen.«

Die *Commissaire* näherte sich dem Italiener, ohne ihn zu berühren. Er spürte ihren Atem. Sie sah in seine hellblauen Augen.

»Ich verstehe. Aber ich interpretiere auch das Gesagte. Carrieres Verhalten war geschäftsschädigend. Ist es nicht so?«

Er wich zurück und zischte:

»Das haben Sie gesagt. Er ist allen auf die Nerven gegangen. Sein divenhaftes Gebaren. Seine Wehwehchen. Er wusste alles besser. Aber wir hatten ernsthaft vor, den Film mit ihm zu beenden. Sein Tod hat auch uns getroffen.«

Lucie wahrte wieder Abstand.

»Seine Maskenbildnerin bestätigte mir, dass es ihm gesundheitlich miserabel ging. Er musste sich häufiger übergeben. Litt unter Schwindelanfällen. Nasenbluten. Der Mann war ernsthaft krank. Warum ließ man ihn weiterspielen?«

Mauro warf seinen Kopf in den Nacken und lachte dabei laut, so dass sich die neben ihm sitzenden Gäste gestört fühlten und zu ihm sahen.

»Weil er es wollte. Er hatte einen Vertrag zu erfüllen. Ein Filmprojekt hat ein enges Timing. Jeder Drehtag kostet ein Vermögen. Ihnen ist bekannt, dass René Carriere Anteile an *La Lumière* besaß. Die Fertigstellung des Films war auch in seinem Interesse.«

Die anfängliche Abneigung, die Lucie gegenüber dem Italiener empfunden hatte, verschwand im Laufe des Gesprächs. Er machte auf sie einen authentischen Eindruck. War geradeheraus. *Hatte sie sich etwas anderes erhofft? Eine ablehnende Haltung? Eine Konfrontation?* Er gewann an Sympathie, was ihr im Grunde nicht gefiel. Sie hatte mit einem schmierigen, aalglatten und skrupellosen Charakter gerechnet. Neben ihr saß ein intelligenter, selbstbewusster Geschäftsmann mit Manieren. *War das nur Fassade? Konnte auch er schauspielern?* Sie überlegte, wie sie ihn provozieren und aus der Reserve locken konnte. Sie musste ihm etwas bieten. Eine Information, die ihn überraschte, oder sogar schockierte. *Aber was konnte so einen Mann aus der Bahn werfen? Ihr kam ein Gedanke. Sollte Sie es wagen?* Es wäre mal wieder ein Alleingang. Es half nichts. *Commissaire* Lucie Girard war gefordert. Sie ging aufs Ganze. Kam zum entscheidenden Thema.

»Er verstarb während des Filmdrehs«, wiederholte sie den entscheidenden Punkt ihrer Ermittlungen.

Mauro nippte an seinem Glas. Es war leer. Er gab dem Barkeeper ein Zeichen. Dieser verstand und nickte kaum merklich.

»Das ist mir durchaus bekannt. Verraten Sie mir, was die Obduktion ergeben hat? Sie haben bestimmt eine durchführen lassen.«

Sie sah ihn an. Versuchte in seiner Mimik zu lesen. Doch er starrte auf das leere Glas und drehte es in seinen Händen. In seinen Gesichtszügen konnte sie keine auffällige Regung erkennen.

Verhielt sich so ein Mörder? Ein Auftragsmörder schon, beantwortete sie sich ihre Frage selbst.

»Das haben wir. Das Obduktionsergebnis hat uns alle geschockt.«

Das erste Mal seit sie an der Bar nebeneinandersaßen, drehte Pietro Mauro seinen Oberkörper Lucie Girard zu. Erwartungsvoll formulierte er:

»Geschockt? War die Todesursache so ungewöhnlich?«

»Sagt Ihnen *Polonium* etwas?«

Seine Augen wurden zu Schlitzen.

»Ein Gift?«

»Nein. Ein radioaktives Material. Es wird künstlich hergestellt. Er muss in Kontakt damit gekommen sein«, flüsterte Lucie.

»Nicht möglich!«, rief der Italiener lauthals aus.

Für die Dame neben ihm war er endgültig unten durch. Sie stand auf, wechselte ihren Platz und setzte sich einige Hocker entfernt von ihm.

Die *Commissaire* blieb gelassen und flüsterte weiter:

»Es wurde über eine spektrometrische Analyse herausgefunden. Es besteht kein Zweifel. Die Symptome, die er vor seinem Tod zeigte, passen zu einer Verstrahlung.«

Mauro schüttelte den Kopf.

»Wie kann das sein? Wie kam er ... in Kontakt mit so einem Teufelszeug? Es ist mir unerklärlich. Das liegt ja nicht irgendwo herum.«

»Das haben wir uns auch gefragt. Sie kannten ihn. Haben Sie eine Erklärung?«

Er reagierte mit einem verkrampften Lachen.

»Haha, ich? Ihn kennen?« Er hielt inne und trank von seinem wiederaufgefüllten *Pastis*. Lucie ließ ihn nachdenken. Es entstand eine längere Pause, die sie für eine *Gitanes* nutzte.

Während sie qualmte, beobachtete sie, wie es in ihm arbeitete. Er war blass geworden. Griff sich mehrmals in die Haare. Drehte andauernd sein Glas von links nach rechts. Starrte in den Spiegel hinter der Bar. *Waren da Schweißperlen auf seiner Stirn?*

Als Lucie ihre Zigarette ausdrückte, erklärte er:

»Vermutlich hatte er Probleme. Damit meine ich nicht die als Schauspieler. Er steckte in etwas Illegalem drin.«

Seine Offenbarung überraschte die *Commissaire*. Ihr Hauptverdächtiger verhielt sich kooperativ. *Sprach er offen zu ihr?*

»Hatte er finanzielle Schwierigkeiten? Hat er sich Ihnen anvertraut, *Monsieur* Mauro?« Lucie blieb weiterhin eng an seiner Seite, so dass die Gäste an der mittlerweile gut besuchten Bar nichts von ihren Worten mitbekommen konnten.

»Nicht direkt. Man hatte ihn in der Hand. Er hat sich vor vielen Jahren auf etwas eingelassen. Mit den falschen Leuten.«

Lucie kam es so vor, als ab Pietro Mauro sich von einer Last befreien wollte. Er transpirierte und roch unangenehm. Sie motivierte ihn, weiterzusprechen, indem sie ihm verriet:

»Helfen Sie uns bei der Aufklärung, *Monsieur* Mauro. Es geht um mehr, als nur den Tod des Schauspielers.«

Der Italiener schwitzte zusehends stärker. Er zog ein weißes Taschentuch aus seiner Hose und tupfte sich über Stirn und Gesicht.

»Ich? Ihnen helfen? Ich wüsste nicht wie. Seit wann bin ich für die Fehler anderer verantwortlich? Der Mann hat Mist gebaut. Sich mit den falschen Leuten abgegeben. Er war komplett naiv. Hat nicht die Konsequenzen seines Handelns bedacht.«

Lucie merkte, dass sie so nicht weiter kam. Sie musste Mauro noch einen Brocken hinwerfen, damit er sich ihr vollends anvertraute. Dazu griff sie in ihre Umhängetasche und holte ein kleines Notizheft heraus. Sie legte es vor Mauro auf den Tresen und forderte ihn auf:

»Das ist von René Carriere. Sehen Sie es sich an. Ich bin auf Ihre Meinung gespannt.«

Der Italiener tat, was die *Commissaire* von ihm verlangte. Er las und blätterte fahrig in den Aufzeichnungen hin und her. Lucie beobachtete ihn genau. Auch wenn er es zu überspielen versuchte, sah er sich das Heft an einer Stelle einen Tick länger an.

»Hm ... sieht so aus, als ob er sich an den genannten Orten mit jemanden traf und dieser ihm etwas übergab, das er an den Endabnehmer aushändigte. Er hat akribisch darüber Buch geführt.«

»Wussten Sie davon?«

Mauro schloss das Heft und schob es auf dem Tresen zur *Commissaire* zurück. Dabei zitterten seine Hände. Lucie bemerkte es, obwohl er bemüht war, dies zu vermeiden. Ohne sie anzusehen, gestand er.

»Vor ungefähr einem Jahr hat er sich mir anvertraut. Er war verzweifelt. Fühlte sich zu alt für diese Art von Geschäft. Dazu kam noch meine Ankündigung, ihm die Rolle des Detektivs Petit zu entziehen.«

Monsieur Mauros Offenheit war fast schon entwaffnend für die *Commissaire. Woher kam seine Motivation? Hatte er nichts mit Carrieres Tod zu tun?*

In diesem Moment hätte Lucie gerne mehr Hintergrundinformationen über ihn zur Verfügung gehabt. Ihr blieb nur die Möglichkeit, direkt zu fragen:

»Verraten Sie mir, was er Ihnen offenbart hat?«

Mauro schien sich etwas gefangen zu haben. Er streckte seinen Rücken durch, räusperte und erklärte:

»Er wollte aussteigen. Ich sollte ihm helfen.«

»Und? Haben Sie es getan?«, fragte Lucie etwas zu schnell.

Mauro schreckte zurück. Dabei sah er die *Commissaire* mit weit aufgerissenen Augen an.

»Ich bin doch nicht verrückt und lege mich mit der Mafia an. Deren Methoden kennen wir Italiener zur Genüge. Als anständiger Geschäftsmann hält man sich raus. Dementsprechend habe ich Carriere eine Abfuhr erteilt. Sie können sich vorstellen, dass er davon nicht begeistert war. Seitdem hat er mich bekämpft und nicht in den Auflösungsvertrag mit *La Lumière* eingewilligt.«

War das eine Lüge? Seine Erklärungen hörten sich plausibel an. Die *Commissaire* sah keinen triftigen Grund, ihm nicht zu glauben. Jedenfalls für den Moment.

Zum Abschluss ihres Gesprächs wollte sie wissen:

»Wie lange haben Sie vor, in *Cannes* zu bleiben? Es kann durchaus sein, dass wir uns noch einmal unterhalten müssen.«

Den letzten Rest seines *Pastis* trank er in einem Schluck aus. Hastig antwortete er:

»Dieses Wochenende auf jeden Fall. Montag treffen sich die Gesellschafter von *La Lumière,* um die finalen Vorbereitungen des Börsengangs zu besprechen.«

Lucie horchte auf.

»Ich habe von Ihren Planungen gehört. Sind die Besitzverhältnisse geklärt?«, fragte sie möglichst beiläufig.

Mauro erkannte Lucies Absicht hinter der Frage. Er klärte sie auf:

»Ich besitze die Majorität der Anteile. Durch René Carrieres Tod war ich in der Lage, sie auf über 50% zu erhöhen. Die Verträge geben es so vor.«

Lucie konnte nicht anders, als eine spitze Bemerkung loszulassen.

»Dann hatte sein Tod gleich mehrere Vorteile für Sie. Er bereitet Ihnen keinen Ärger mehr als Schauspieler und er steht Ihnen nicht mehr im Weg, das Sagen bei *La Lumière* zu haben.«

Sein Gesicht versteinerte. Er stellte sich neben den Barhocker, blaffte sie an:

»Ich verbitte mir diese Unterstellungen. Ich denke, ein weiteres Gespräch ist nicht notwendig. Sie entschuldigen mich. *Au revoir, Madame la Commissaire* Girard.«

Er stürzte davon. Die Dame, die sich weggesetzt hatte, warf Lucie einen mitleidigen Blick zu, der zum Ausdruck brachte, dass sie es so hatte kommen sehen. Sie hob ihr Weißweinglas und prostete der *Commissaire* zu. Diese lächelte verständnisvoll und bestätigte die Geste.

Im *Carlton* gab es für Lucie nichts mehr zu tun. Sie bezahlte ihre Rechnung und verließ das Hotel durch den prunkvollen Ausgang. Auf den Stufen vor dem repräsentativen Gebäude blieb sie stehen und beobachtete die vorfahrenden Limousinen und Sportwagen, aus denen elegant gekleidete Pärchen stiegen, die unverzüglich von beflissenem Personal in Empfang genommen wurden. Sie versuchte, in den Gesichtern der Gäste zu lesen, ob sie sich über die zuvorkommende Begrüßung freuten und die herrliche Kulisse wahrnahmen. Doch die Ankommenden waren meistens mit sich selbst beschäftigt. Manche stritten sich. Andere achteten penibel darauf, ob ihr Gepäck ordentlich auf die bereitstehenden Rollwagen geladen wurde. Niemand blieb stehen und genoss die Atmosphäre. Sie interpretierte ihr Verhalten im Sinne einer Gewöhnung an den Luxus, der sie umgab. Die Reichen nahmen den zuvorkommenden Service und die für den Normalbürger luxuriöse Umgebung nicht mehr wahr. Es war selbstverständlich für sie.

Sie fragte sich, was René Carrieres Tod bei Pietro Mauro wahrhaftig ausgelöst hatte? Der italienische Geschäftsmann war wohlhabend und vom Erfolg verwöhnt. Dazu passte seine Unruhe und Nervosität nicht, die sie bei dem eben geführten Gespräch wahrgenommen hatte. Sie war sich sicher – er hatte etwas zu verbergen. Und er hatte Angst. Große Angst. Vor der Mafia? Sie hoffte, dass ihr Chef, Sebastian Cassel ihr mehr über diesen Mann berichten würde, nachdem er seine Recherchen durchgeführt hatte.

Auf die entscheidenden Informationen musste sie nicht lange warten. Um keine Zeit zu verlieren, fuhr sie mit einem Taxi zum Polizeipräsidium. Marc hatte seinen Schreibtisch aufgeräumt. Auf ihrem kleinen Beistelltisch lag eine Aufstellung des Safeinhalts. Ihr junger Kollege hatte Wort gehalten. Von Babette erfuhr sie, dass er nachhause gegangen war. Sie fand das in Ordnung, da sie ihn von seinen weiteren Aufgaben entbunden hatte. Die *Commissaire* nutzte die Gelegenheit und die Ruhe, erneut Sebastian Cassel anzurufen. Sie erhoffte sich, aussagekräftige Fakten über Pietro Mauro zu erhalten.

Ihr Vorgesetzter kam gleich zur Sache. Der Italiener war bei *Interpol* kein Unbekannter. Bereits als junger Mann hatte er gestohlene Autos nach Afrika und den Ostblock verschifft. Deshalb hatte er zwei Jahre im Gefängnis gesessen. Einige Zeit später wurde er dabei erwischt, wie er mit Falschgeld pokerte. Er konnte einer Haftstrafe entgehen, weil er mit der Polizei kooperierte und sie auf die Spur der Fälscher brachte. Danach operierte er geschickter. Er beteiligte sich zuerst an kleinen, dann an größeren Firmen, die anfänglich erfolgreich waren, jedoch nach kurzer Zeit Insolvenz anmeldeten. Interessanterweise ging Mauro mit Gewinn aus diesen Beteiligungen hervor. Heute residierte der Römer in einer herrschaftlichen Villa, von der aus er sein Firmenimperium führte. Er verfügte über Bankkonten bevorzugt in Steueroasen wie *Monaco,* den *Cayman Islands* oder *Malta.* Die Firmenkonstrukte waren allesamt undurchsichtig. *Interpol* hatte einige Anläufe gestartet, ihm auf die Schliche zu kommen, doch bisher konnte ihm in seinem Heimatland Italien nichts stichhaltig Kriminelles nachgewiesen werden. Er verschleierte seine Aktivitäten geschickt und arbeitete mit Leuten zusammen, die so wie er, jede Gesetzeslücke ausnutzten und sich gegenseitig schützten. Sebastian schloss seinen Bericht mit den Worten:

»Der Mann operiert äußerst geschickt. Wird es brenzlig, steigt er aus. Er veräußert seine Anteile oder ist nur über Mittelsmänner an einem Geschäft beteiligt. Man sagt ihm nach, dass er mit der Mafia zusammenarbeitet. Aber auch das konnte bisher nicht sicher bewiesen werden.«

Lucie hatte ihren Chef reden lassen. Nach ihrer zweiten Zigarette und seinem ersten Zigarillo fragte sie:

»Körperverletzung oder Mord kommt in seiner Akte nicht vor?«

»Nein. Es geht ausnahmslos um Wirtschaftskriminalität. Wobei ich nicht ausschließe, dass er Leute kennt, die Gewalt anwenden, um ihre Ziele durchzusetzen.«

Lucie bestätigte seine Ansicht.

»Ich hatte gerade das Vergnügen, mich länger mit ihm zu unterhalten. Seine Historie von *Interpol* passt zu dem Bild, das er abgibt. Er ist ein Geschäftsmann, der nicht davor zurückschreckt, illegale Methoden anzuwenden. Als Mörder kommt er für mich nicht infrage. Warum sollte er so viel riskieren? *La Lumière* ist nur eines seiner vielfältigen Engagements. René Carriere mag ihn geärgert haben. Deshalb beging der Italiener aber keinen Mord.«

Sie hörte Sebastian den Rauch seines Zigarillos ausblasen.

»So sehe ich das auch. Du musst dir einen anderen Täter suchen.«

»Muss ich das? Momentan sehne ich mich nach einem geruhsamen Wochenende. Es ist Freitag Nachmittag. Bist du damit einverstanden, wenn ich *Cannes* verlasse und zu meiner Familie nach *Fréjus* fahre?«

Sie hörte Sebastians bellendes Lachen.

»Seit wann fragt *Madame la Commissaire,* ob und wann sie Feierabend machen darf? Du solltest am besten wissen, wenn dir etwas oder einer durch die Lappen geht. Ich kann das nicht beurteilen. Deshalb gönne ich dir dein Wochenende. Aber verrate mir, hast du etwas Besonderes vor?«

Lucie wusste auch nicht warum, aber sie spürte die Vibrationen der *Harley Davidson* in ihrem Hintern. Spontan antwortete sie:

»Patric hat sich eine fette Maschine zugelegt. Eine *Harley.* Vielleicht machen wir eine Tour zum *George du Verdon.* Entlang der Schluchten.«

»Ui! Das hätte ich deinem Mann nicht zugetraut. Er war doch eher der Gemütliche! Hat er sich zum Rocker gewandelt?«

»Ob du es glaubst oder nicht. Er hat mehrere Kilo abgenommen. An seinem Oberarm prangt ein Tattoo und er trägt Lederklamotten.«

Sebastian stieß einen Pfiff aus.

»Das nenne ich mal eine Typveränderung! Kein Wunder, wenn du Lust verspürst, mit ihm ein Abenteuer zu erleben. Lucie Girard, die Rockerlady!«

Sie ließ ein freudiges Lachen hören. Es war schön, mit Sebastian einmal nicht über Mordermittlungen zu sprechen. »So weit kommt es nicht. Obwohl. Er hat vor, mir Lederjacke und Stiefel zu kaufen.«

»Lass uns Folgendes vereinbaren: Wir telefonieren Sonntag am späten Nachmittag, um die nächsten Schritte in diesem Fall abzustimmen. Es könnte ja sein, dass wir Meldung von einem Krankenhaus erhalten. Wenn du willst, kannst du dich jederzeit bei mir privat melden. Ich bin erreichbar. Einverstanden?«

Lucie fand den Vorschlag ihres Chefs sinnvoll und pragmatisch. Sie willigte ein. Dabei war sie voll positiver Erwartung auf ein Wochenende ohne Ermittlungsarbeit in freier Natur.

Zum gleichen Zeitpunkt kniete jemand anderes vor der Toilettenschüssel und übergab sich. Er kotzte sich die Seele aus dem Leib.

Chapitre dix-sept

In der Zeit des Filmdrehs, Hotel Carlton, Cannes

Fast auf den Tag sechs Wochen war es her, dass er in derselben Suite gesessen und auf die Araber gewartet hatte. Nun war er wieder hier. Dieses Mal fühlte er sich vorbereitet und sicher. Er hatte das Päckchen erhalten, obwohl er nichts dafür unternommen hatte. Viel Zeit für die Übergabe hatte er nicht. Er war am Abend zuvor von *London Heathrow* nach *Nice* geflogen und er musste unbedingt heute wieder zurück. Didier Antune, der Regisseur, hatte ihm einen freien Tag genehmigt. René Carriere hatte einen privaten Grund für seine ungeplante Abreise genannt.

Die vermisste Sendung war einfach so in seiner Garderobe in den *Pinewood-Studios* abgegeben worden. Ein Bote hatte sie gebracht und er hatte das kleine Päckchen in seinem Bordcase mitgenommen. Beim Einchecken und der Sicherheitskontrolle hatte er befürchtet, man würde ihn befragen oder schlimmstenfalls filzen, doch niemand interessierte sich für den quadratischen Karton in seinem Gepäck.

Mit einem reichlich gefüllten Whiskeyglas in der Hand lief er aufgedreht in der Suite herum und beobachtete durch die Fenster das Treiben auf der *Croisette*. Wie üblich spazierten viele Touristen die Promenade am Meer entlang und auf der Prachtstraße rollten Sport- und Luxuswagen vorbei, um sich den staunenden Passanten zu präsentieren.

Man hatte ihm ein Telegram mit drei Eckdaten kurz nach Eintreffen des Pakets zukommen lassen. Datum, Uhrzeit und Ort für die Übergabe. Er hatte sofort Bescheid gewusst, was zu tun war und einen Flug nach *Nice* gebucht.

In weniger als fünfzehn Minuten würde er es ein letztes Mal hinter sich gebracht haben. Das erhoffte er sich, während er auf den schmalen Balkon trat und nach unten sah, um die ankommenden Luxuslimousinen zu beobachten. Seine Kundschaft würde vermutlich standesgemäß mit einem *Rolls Royce* vorfahren. Ihre Ankunft war leicht zu bemerken, denn selbst von hier oben wären sie an ihrer weißen Kleidung, dem *Jilbab* und ihrer Kopfbedeckung, der *Kufiya,* auszumachen.

Minütlich sah er nach unten. Doch kein *Rolls Royce* fuhr vor. Nervosität stieg in ihm auf. *Waren die Araber wegen der verspäteten Lieferung verärgert und blieben deshalb weg? Es war durchaus vorstellbar. Vielleicht benötigten sie den Inhalt seines Paketes nicht mehr und er blieb darauf sitzen? Was sollte er dann damit anfangen?*

Die Zeit verging nur schleppend. Eine halbe Stunde nach der für die Übergabe kommunizierten Uhrzeit schloss er die Balkontür, goss sich einen weiteren *Whiskey* ein und setzte sich auf einen der Sessel direkt vor das auf dem Couchtisch wartende Päckchen. Während er trank, starrte er es minutenlang an.

Was sollte er tun?

Außer zu warten blieb ihm nichts anderes übrig. Sein Flugzeug ging um 20:30 Uhr. Er sollte spätestens um 19:45 Uhr am *Aéroport Nice* eintreffen. Das Taxi benötigte mindestens 30 Minuten dorthin. Er hatte also noch zwei Stunden. Besser gesagt, den Arabern blieben zwei Stunden, um hier zu erscheinen.

Er erinnerte sich an sein Gespräch in Rom mit Pietro Mauro. Der italienische Geschäftsmann hatte ihm eine Abfuhr erteilt. Er hatte sich geweigert, ihn aus seiner misslichen Situation zu befreien. Jetzt, da er hier im *Carlton* saß, kamen ihm Zweifel. Vielleicht hatte Mauro doch seine Verbindungen zur Mafia genutzt und ihn erlöst. *Aber warum sollte er? Was hatte er davon?* René Carrieres Unruhe steigerte sich. Er wusste nicht, woran er war. Wer mit ihm spielte?

Seine Situation kam ihm unwirklich vor. Er saß im *Carlton,* trank Whiskey, wartete auf die Araber. Hatte ein Päckchen vor sich liegen, von dem er nicht wusste, was sich darin befand. Er nahm es in die Hand. Drehte es. Schüttelte es. Es war leicht. Nichts klapperte oder bewegte sich darin.

Seit über fünfzehn Jahren hatte er ähnliche Sendungen in Empfang genommen und übergeben. Nie war er in Versuchung gekommen, eine davon zu öffnen. Noch nie waren seine Abnehmer nicht erschienen.

War jetzt der Zeitpunkt, es zu tun? Das Päckchen zu öffnen?

Er stellte es zurück auf den Couchtisch. Stand auf. Lief im Kreis um die Sitzgruppe herum. Schenkte sich einen weiteren Whiskey ein.

Sollte er es wagen?

Er blieb ihm noch eine Stunde. Er überlegte, was er anfangen sollte, falls seine Kundschaft nicht kam. *Sollte er es wieder mit nach England nehmen?* Das erschien ihm zu riskant. Es hier im Hotel abzugeben, auch. Blieb also nur die Möglichkeit, es in seinen Safe hier in *Cannes* einzuschließen. Dabei bestand die Gefahr, dass er seiner Frau begegnete. Sie würde sich wundern, was er während der Dreharbeiten in

Cannes zu tun hatte. Auf ihre bohrenden Fragen hatte er keine Lust und würde sie nicht wahrheitsgemäß beantworten können und wollen.

Spontan griff er zum Telefonhörer und ließ sich mit seiner Villa verbinden. Es klingelte. Audrey, ihre Haushälterin, nahm ab. Er fragte nach Mathilde. Sie sei zum Einkaufen unterwegs und würde anschließend mit Freundinnen zu Abend essen, erfuhr er. Erleichtert erklärte er Audrey, dass er etwas Wichtiges in seinem Arbeitszimmer vergessen hätte und deshalb kurz nachhause kommen würde. Wirklich nur kurz. Sie sollte seiner Frau bitte nichts davon erzählen. Sie würde sich nur unnötig Gedanken machen. Audrey versprach Stillschweigen.

Zufrieden legte er auf und setzte sich wieder. Erneut betrachtete er das Päckchen. *Verdammt!* Er konnte nicht anders. Die ganzen Jahre hatte er sich zurückgehalten. Nun wollte er es wissen, was er hätte übergeben sollen. Entschlossen nahm er die in braunem Packpapier eingeschlagene Box in beide Hände und riss sie rabiat auf. Grobe Sägespäne kamen ihm entgegengeflogen. Er hielt inne. Während er es tat, wurde er sich bewusst, dass seine Handlung nicht ohne Konsequenzen bleiben würde. *Egal. Es war offen, dann konnte er auch nachsehen, was sich darin befand.*

Ein Glasröhrchen kam zum Vorschein. Es wirkte unscheinbar und sah harmlos aus. Er schüttelte es in der Hand. Kleine silberne Partikel bewegten sich darin. Der Korken, der das Röhrchen verschloss, saß locker. Er konnte ihn einfach so abziehen.

Es war geschehen. Er hielt den Inhalt des Päckchens in Händen. Er enttäuschte ihn. Gleichzeitig fragte er sich, um was es sich bei diesen silbernen, ascheähnlichen Partikeln handelte. Seine Neugier war noch nicht befriedigt. Vorsichtig, wie bei einem Pfefferstreuer, ließ er wenige Teilchen auf seinen Handrücken gleiten, indem er das Röhrchen schräg hielt und antippte. Die Partikel wogen so gut wie nichts. Sie lagen auf seiner Haut. Er roch und leckte daran. Weder Geruch noch Geschmack waren auffällig. Langweilig.

Enttäuscht bugsierte er die Teilchen auf seiner Hand zurück in das Röhrchen. Einige fielen dabei zu Boden. Auch die Sägespäne sammelt er, so gut es ging wieder auf und verteilte sie um den länglichen Glasbehälter, der scheinbar unversehrt in die Box zurückwanderte. Was blieb, war das Päckchen, das aufgerissen vor ihm auf dem Couchtisch stand. Nachdem er es eine Weile angestarrt hatte, bekam er ein schlechtes Gewissen. Er hatte gegen eine der essenziellen Regeln verstoßen, die er vor Jahren akzeptiert hatte.

René Carriere rief an der Rezeption an und ließ sich Paketband aufs Zimmer bringen. Damit klebte er das kompakte Päckchen wieder zu. Am Ende sah es recht ordentlich aus.

Um es unauffällig bei sich zu tragen, nahm er den Stoffsack für schmutzige Kleider aus dem Schrank. Mit ihm und seinem Bordgepäck in der Hand verließ er die Suite und checkte aus. Wie üblich warteten vor dem *Carlton* einige Taxis. Er setzte sich auf die Rückbank des Ersten und ließ sich zu seiner Villa fahren. Das Päckchen landete im Safe. Audrey fragte nicht. Sie hielt sich dezent zurück. Eine dreiviertel Stunde später saß René Carriere in der Lounge am Flughafen *Nice Côte d'Azur*. Er hatte keine Lust auf einen weiteren Whiskey. Stattdessen trank er einen Kaffee. Er fühlte sich mies.

Zweifel packten ihn. *Was hatte er getan?* Er ahnte, dass er dafür büßen würde.

Chapitre dix-huit

10. September, Sonntagmorgen am Lac de Sainte-Croix

Patric hatte die *Harley* für längere Touren aufgerüstet. Eine Zweierbank bot Lucie eine passable Sitzgelegenheit. Für Gepäck und Verpflegung hatte er zwei lederne Satteltaschen seitlich angebracht. Sie packten Badesachen und ein leckeres Picknick hinein. Die flache Lenkstange war durch einen aufrechten Lenker im Chopperstil ausgetauscht worden. Patric konnte dadurch eine angenehmere Sitzhaltung einnehmen. Sie starteten ohne Eile und fuhren gemütlich die schmalen und kurvenreichen Landstraßen von *Fréjus* über *Le Muy, Draguignon, Aups* in Richtung *Bauduen,* an den Stausee mit seinem glasklaren und türkisfarbenen Wasser. Lucie genoss vom Sozius aus die vorbeiziehende Landschaft, die zuerst von weitläufigen Weinfeldern der *Domaines* und *Châteaux* geprägt war. Hinter *Draguignan* ging es stetig bergauf. Die Natur änderte sich. Immergrüne Steineichen, viele davon weit über hundert Jahre alt, wuchsen auf kargem Boden, der zu dieser Jahreszeit knochentrocken war. Nachdem sie das Hochplateau hinter *Aups* erreicht hatten, ging die Straße strikt geradeaus. Patric ließ die *Harley* niedertourig rollen. Die Füße weit von sich gestreckt, nahm er eine lässige Position auf dem schweren Motorrad ein. Nach fast einer Stunde Fahrt störte Lucie ihr Helm, unter dem sie mit ihren langen Haaren heftig schwitzte. Sie rief ihrem Mann zu:

»Mir ist heiß! Können wir mal anhalten?«

Patric hatte die Tour genau geplant. Er wollte an einem idyllisch gelegenen Strandabschnitt direkt am erfrischenden *Lac de Sainte-Croix* eine längere Pause einlegen.

»Gedulde dich bitte. Wir sind gleich da. Dann kannst du dich im See abkühlen.«

Lucie schob ihr Visier hoch und streckte ihren Kopf seitlich in den Fahrtwind. Das tat gut. Sie roch das von der Sonne verbrannte Gras. Hier oben war man mit der Natur eins. Es gab nur Bäume, Sträucher, Steine und einen tiefblauen Himmel. Sie hörte das Brabbeln des großvolumigen Motors, schloss die Augen und ließ das Gefühl der Freiheit zu, dass sie in diesem Moment empfand. Ihre Gedanken schweiften ab. Am 30. Oktober würde sie 38 werden. Zehn Jahre waren vergangen, seit sie als junge, unerfahrene *Commissaire* in *Fréjus* ihren Dienst angetreten hatte. Seitdem hatte sich viel verändert. Sie hatten geheiratet. Ihre Tochter Aude war auf die Welt gekommen. Sie hatten Sophie als Adoptivkind in ihre Familie aufgenommen. Imani kümmerte sich seit einigen Jahren um die beiden Mädchen, denn Patric arbeitete fast rund um die Uhr in seinem Restaurant, der *Auberge*. Sie selbst war zu einer angesehenen *Commissaire* gereift, die sich nach vielen Hoch und Tiefs gefunden hatte. Sie fragte sich: *Welche Herausforderung würden sie und Patric noch haben?*

Ihre Heimat, die Gegend um *Saint-Tropez* am Mittelmeer und der *Provence,* hatte sich prächtig entwickelt. Sie war zu einer der beliebtesten Urlaubsregionen Europas geworden. Viele Einheimische hatten davon profitiert. Den meisten Bürgern ging es gut. Es gab genügend Arbeit. In die Urlaubsorte war viel investiert worden. Es gab neue Straßen, schmucke Plätze, renovierte Häuser, Appartementanlagen, edle Hotels, Nobelrestaurants, Jachthäfen und einen Rundum-Service für Gäste, die es sich leisten konnten.

Doch das wahrhaft Schönste war und blieb die Natur. Das Meer, die Buchten, das Maurengebirge, der *Rocher de Roquebrune,* das *Esterel*-Gebirge und das Landesinnere, die *Haute-Provence.* Hier hatte sich seit Jahrhunderten kaum etwas verändert. Wenn man sich in dieser ursprünglichen Landschaft aufhielt, sah und spürte man die Einzigartigkeit der Region. Teilweise schroff, wild und je nach Jahreszeit voll verschiedener intensiver Farben. Ob zu Fuß, mit dem Fahrrad, dem Motorrad oder dem Auto, die *Provence* und die *Côte d'Azur* verzückten die Menschen aus aller Welt. Wer einmal mit einem Kanu durch den *Gorges du Verdon* gepaddelt ist, hat Bilder im Kopf, die er sein Leben nicht mehr vergessen wird.

Obwohl das alles stimmte, brodelte es in Lucie. Sie beobachtete die vorbeifliegende Landschaft. Einen sehnlichen Wunsch hegte sie tief in ihrem Inneren:

FREIHEIT!

Patric hatte genug vom Dahinrollen. Er gab Gas. Der Motor der *Harley Davidson* fauchte wie ein wildes Tier. Lucie klammerte sich an ihren Mann. Innerhalb weniger Minuten erreichten sie die *Pont de Sainte-Croix,* die sich über den Fluss *Verdon,* der in den gleichnamigen See mündete, spannte. Von hier oben hatte man einen einmaligen Blick in die Schlucht und über den See. Lucie zwickte Patric in die Seite. Sie brüllte:

»Anhalten!«

Patric gehorchte. Er bremste ab und fuhr kurz nach der Brücke von der Straße in eine Parkbucht.

Lucie löste sich von dem Motorradsitz. Ihr Hintern war eingeschlafen. Nachdem sie sich von ihrem Helm befreit und die Lederjacke geöffnet hatte, rannte sie im Laufschritt zurück zur Brücke. Patric folgte ihr in gemächlichem Tempo. Er rief:

»Was ist? Warum so schnell? Die Aussicht läuft dir nicht davon!«

Doch sie hatte es eilig. Sie hatte bemerkt, dass sich momentan niemand auf der Brücke aufhielt. Eine Seltenheit. Normalerweise war hier immer etwas los. Lucie winkte:

»Patric, komm! Lass uns diesen Moment ganz für uns genießen«, rief sie ihm freudig erregt zu.

Nun beeilte er sich. Sie reichte ihm ihre Hand und sie orientierten sich genau in die Mitte der Brücke. Dort standen sie regungslos nebeneinander und genossen den fantastischen Ausblick. Eine Welle des Glücks durchströmte ihre Körper. Patric griff nach der zweiten Hand seiner Frau und zog sie an sich. Lucie wollte mehr Körperkontakt. Sie nahm ihren Mann in den Arm, drückte ihn, so fest sie konnte, an sich. Eine leichte Brise umwehte sie, als sie ihm emotional ergriffen gestand:

»Wir sind seit 24 Jahren zusammen. Du erinnerst dich an unseren ersten Kuss auf dem *Rocher de Roquebrune?* Ich war vierzehn. Und du mein Held!«

Patric sah sie mit feuchten Augen an.

»Und ob ich mich erinnere. Du warst so zart. Ich hätte nie gedacht, dass du mich willst.«

Sanft streichelte sie ihm über seine Backe.

»Ich will dich mehr denn je!«

Sie lächelten sich an, wie es nur ein Liebespaar tun konnte. Innig, tief, voller Verständnis und Leidenschaft.

»Dann lass uns abhauen«, sprach er und sah sie dabei auffordernd an.

Lucie wurde ganz anders zumute. *Hatte er ihren Wunsch verspürt?*

Sie tat überrascht und fragte:

»Wohin?«

»Zuerst einmal in die USA. Und dann sehen wir weiter.«

»Wie soll das gehen?«

»Wenn wir beide es wollen, wird es schon irgendwie klappen. Wir leben nur einmal. Und wir haben bisher kaum etwas von der Welt gesehen.«

Lucie traten Tränen in ihre Augen. Sie empfand eine tiefe Sehnsucht. Ein Verlangen nach Neuem. Nach Abwechslung. Nach Abenteuer. Nach Freiheit! Sie hätte es nie für möglich gehalten, dass ihr Patric sie eines Tages dazu bringen könnte, dieser Begierde nachzugeben.

Sie sah ihn mit tiefem Einverständnis an.

»Das stimmt. Lass uns weggehen. Wir nehmen die Mädchen mit?«, fragte sie.

»Aber ja doch! Wir sind eine Familie«, kam seine überzeugte Antwort.

Lucie drückte Patric erneut fest an sich. Er legte seinen Kopf an ihre Schulter. Zärtlich streichelte sie über seine kurz geschnittenen Haare.

»Eine Familie auf Abenteuertour. Um die Welt«, brachte sie es auf den Punkt.

»*Commissaire ade?*«

»*Commissaire ade!*«, kam ihre überzeugte Bestätigung.

Er sah sie glücklich an.

»Es bleibt spannend?«

»Mit Lucie und Patric immer.«

Sie lösten sich voneinander und gingen ohne ein weiteres Wort zu verlieren, gemächlichen Schrittes, Hand in Hand, von der Brücke zum Motorrad.

Patric ließ die *Harley* an. Lucie schmiegte sich an ihn. Sie erfüllte ein Glücksgefühl, das sie das letzte Mal als junges Mädchen empfunden hatte.

Sie wollten ein neues Leben beginnen.

Chapitre dix-neuf

Altstadt von Fréjus, im Haus von Lucie Girard, am Sonntagabend

Als Lucie wieder in *Fréjus* eintraf, kam ihr die Vorstellung, ihr komplettes Leben umzukrempeln, irreal vor. Sie hatte das Gefühl, aus einem Traum aufgewacht zu sein und nun wieder die Realität wahrzunehmen. Aber irgendetwas in ihr wehrte sich gegen die Perspektive, einfach so weiter zu machen wie bisher.

Nachdem Patric sein Motorrad im Parterre des Stadthauses abgestellt hatte, kam er schweren Schrittes die Treppe in die Küche hoch. Er hatte seine Motorradkluft abgelegt und stand in einem weißen T-Shirt und abgeschnittenen Jeans vor ihr. Sogleich sah er sie bestens gelaunt und voller Tatendrang an.

»Ich bin überzeugt: Es bleibt dabei! Wir ziehen das durch!«

Zur Bestätigung und Verstärkung seiner Äußerung nahm er Lucie bei ihren Schultern und zog sie an sich.

»Die *Commissaire* ist *passé!*«

Auf seine ultimative Aussage hin wartete Lucie einen Moment mit ihrer Reaktion. Sie formulierte diplomatisch:

»Bitte nicht von heute auf morgen. Lass uns diesen Schritt gut vorbereiten. Was hältst du von nächstem Frühjahr? Dann starten wir unsere Tour. Du musst für die *Auberge* jemanden finden ...«

Er küsste sie auf die Stirn.

»Meine Lucie! Ich liebe deine korrekte Art. Wir planen unseren Ausstieg. Dafür bin ich auch. Ein halbes Jahr erscheint mir passend. Unser Haus können wir vermieten. Aude und Sophie erhalten von uns Schulunterricht, wenn wir unterwegs sind. Vielleicht bleiben wir auch einmal länger an einem Ort, wer weiß!«

»Was ist mit Imani?«, fragte Lucie berechtigterweise.

Patric kratzte sich am Kopf.

»Wir sollten sie bald einweihen. Ich denke, sie muss sich etwas Neues suchen.«

Lucie stimmte ihm zu. Genau in diesem Moment kam die Kenianerin von der höher gelegenen Dachterrasse in die Küche. Lucie und Patric hatten sie nicht dort oben vermutet. An ihrem Gesichtsausdruck erkannten sie gleich, dass ihr Kindermädchen alles mitbekommen hatte.

Verlegen fragte sie:

»Was habt ihr vor? Warum soll ich mir was Neues suchen?«

Patric ging auf die füllige, dunkelhäutige Frau mit den krausen Haaren zu:

»Wir wussten nicht, dass du ...«

»Ich habe die Terrasse gekehrt. Ich konnte nicht anders, als zuzuhören.«

»Ist schon okay. Wir planen unsere Zukunft.«

Bei diesem Wort kullerten bereits ihre Tränen.

»Und da gehöre ich nicht mehr dazu.«

Lucie sprang ein.

»Es liegt nicht an dir. Wir haben vor, für einige Zeit nach Amerika zu gehen. Mit einem Wohnmobil durch die USA zu fahren.«

Patric sah Lucie erfreut an. Ihm gefiel ihre Idee.

»Ja. Und in so einem Ding ist nun mal wenig Platz«, ergänzte er.

Jetzt heulte sie richtig los.

»Genau für die dicke Imani ...«

»So war das nicht gemeint«, beschwichtigte Patric sie.

»Bitte verstehe uns. Wir brauchen Veränderung. Die Zeit ist reif«, startete Lucie einen weiteren Erklärungsversuch.

Imani argumentierte dagegen:

»Aber ... endlich ist bei euch alles in Ordnung. Ihr habt Sophie adoptiert. Sie ist euer Kind. Lucie ist wieder als *Commissaire* etabliert. Patric, deine *Auberge* ist eine Goldgrube. Warum wollt ihr das alles aufgeben?«

Das Ehepaar sah sich an. Sie nickten sich einvernehmlich zu.

»Genau aus den Gründen, die du genannt hast. Wir sind zu satt. Etabliert in der Gesellschaft. Wir suchen das Abenteuer. Das Alltägliche langweilt uns«, brachte Lucie zum Ausdruck.

Imani zuckte mit den Schultern.

»Das soll einer mal verstehen?!«

»Das musst du nicht. Wir geben dir Überbrückungsgeld, nicht wahr Lucie?«, fragte Patric und sah seine Frau auffordernd an.

»Klar. Damit du das erste halbe Jahr ohne uns überstehst.«

Imani trocknete ihre Tränen mit dem Saum ihres bunten Wickelrocks.

»Das müsst ihr nicht. Ich komme schon klar. Ich habe gespart. Außerdem habe ich eine Idee, was ich machen will.«

Lucie und Patric taten überrascht, auch um die Situation zu entspannen.

»Oh!«

»Verrätst du es uns?«, fragte Patric.

Imanis Augen leuchteten. Sie verkündete im Brustton der Überzeugung:

»Ich will Modeschöpferin für afrikanische Kleider werden. In meiner Freizeit habe ich bereits einige Entwürfe gestaltet. Nur das Nähen, das muss ich noch verbessern. Aber dafür habe ich ja dann genügend Zeit. Was haltet ihr von meinem Vorhaben?«

Lucie klatschte in die Hände.

»Ich finde es genial. Viele Leute bewundern dich für deinen Kleidungsstil. Er ist farbenfroh, lebendig und modern. Wenn du ihn verfeinerst, kann ich mir vorstellen, dass deine Kreationen auch allgemein Anklang finden. Sogar bei konservativen Frauen.«

»Eine *Boutique* in *Fréjus*. Davon träume ich.«

Patric gefiel Imanis Idee.

»Das kann ich mir gut vorstellen. Vielleicht nicht an der Strandpromenade. Um den Bahnhof herum gibt es günstige Mietflächen. Für deinen Start genau das Richtige.«

Imani nickte bestätigend.

»Da habe ich mich auch schon umgesehen. Die Gegend ist nicht sonderlich schick, aber es kommen viele Leute vorbei, die zur Bahn gehen.«

Lucie freute es, dass sie sich über Imanis und nicht ihre eigene Zukunft unterhielten. Die Pläne der Kenianerin waren konkreter als die ihren. Das mit dem Wohnmobil hatte sie spontan hingesagt. Sie hatte keine Ahnung, ob sie es in einem solchen Ding lange aushielten. Zu viert! Sie selbst sprach fließend Englisch. Aber Patric? Sein Wortschatz war auf *hello* und *thank you* begrenzt. Trotzdem war sie sich sicher – ihr Mann würde klarkommen. Und wenn er sich mit Händen und

Füßen verständigte. Er war ein kommunikativer Typ. Sie spürte, dass sie darauf brannte, mit ihm Neues zu entdecken und zu erleben. Konsequenterweise bekräftigte sie:

»Dann haben wir alle neue, ambitionierte Pläne. Ist das nicht wunderbar? Lasst uns in der nächsten Zeit austauschen, ob und wie wir vorankommen. Imani? Was sagst du dazu?«

Die Kenianerin rieb sich die Hände.

»Ich bin dabei. Patric, du kannst mir bei der geschäftlichen Planung helfen. Ich will zur Bank und einen Kredit aufnehmen.«

Er ging nicht direkt darauf ein, weil er wusste, wie schwierig ein solches Vorhaben für eine farbige Frau heutzutage war.

»Ich helfe dir, so gut ich kann.«

Imani öffnete ihre Arme und drückte ihren dicken Busen an seine Brust. Sie überragte ihn dabei deutlich.

»*Merci.* Lucie, du hast den besten Mann auf der Welt!« Während sie Patric fest im Griff hatte, sah sie ihre Arbeitgeberin mit großen Augen an. Lucie verstand, wie Imani das meinte. Sie beschwichtigte sie.

»Übertreib mal nicht. Sonst hebt er ab.«

Patric wollte etwas bemerken, doch das Schrillen des Telefons stoppte ihn.

»Soll ich rangehen?«, fragte Imani.

»Lass mich lieber«, antwortete Lucie. »Es ist bestimmt für mich.«

So war es. Sie musste sich nicht groß melden. Sebastian, ihr Chef, redete sofort im Stakkatostil los:

»Hörst du mich? Es gibt drei Einlieferungen. Im Krankenhaus in *Cannes*. Sie haben dieselben Symptome wie Mathilde Carriere, die mittlerweile verstorben ist. Der Arzt von der Intensivstation hat es mir vor wenigen Minuten mitgeteilt.«

Lucie signalisierte Patric und Imani, dass sie in Ruhe telefonieren wollte. Die beiden verdrückten sich auf die Dachterrasse. Patric nahm eine Flasche kühlen Rosé und zwei Gläser mit.

Von der Küchenwand aus angelte Lucie sich eine Gitanes aus der Packung, die auf dem alten Holztisch lag. Dabei zog sie das Spiralkabel des Telefons hinter sich her, das durch die Nutzung komplett ausgeleiert war. Neben dem Wandtelefon stehend, zündete sie die Zigarette an und nahm ihre typische Telefonposition ein. Während sie sprach, qualmte sie genüsslich.

»Wie furchtbar. Sie war eine starke Frau. Kennen wir die neuen Opfer?«

Sie hörte ihn einen tiefen Zug von seinem Zigarillo nehmen. In rauem Ton antwortete er emotionslos:

»Alle drei kommen aus Italien. Zwei davon sind vorbestraft. Wegen Körperverletzung und wiederholten Einbruchs. Mit demjenigen, den es am schlimmsten erwischt hat, ...«, er legte eine Kunstpause ein. »... hast du am Freitag im *Carlton* gesprochen.«

»Pietro Mauro?!«, rief sie fassungslos.

»Genau der.«

Lucie drehte das lange Spiralkabel des Telefons in ihrer Hand, wie sie es immer tat, wenn sie erregt war.

»Dann steckt er hinter dem Einbruch in die Villa von Carriere!«

»Davon ist auszugehen.«

»Aber warum? Sicher nicht des Geldes oder der Uhren wegen.«

»Er ist ein wohlhabender Mann. Ich könnte mir vorstellen, dass Carriere etwas besaß, dass Mauro gefährlich werden konnte.«

»Klingt plausibel«, stimmte Lucie ihrem Chef zu.

»Wir werden ihn befragen. Ihm geht es schlecht, aber er ist, wie mir mitgeteilt wurde, bei vollem Bewusstsein. Die Ärzte schätzen seine Überlebenswahrscheinlichkeit auf 50% ein. Er hat das Krankenhaus frühzeitig aufgesucht. Sein Glück.«

Lucie erinnerte sich an ihr Gespräch mit dem Italiener.

»Kein Glück. Er kann sich bei mir bedanken. Ich habe ihm von Carrieres Todesursache berichtet. Da war es nicht schwer, eins und eins zusammenzuzählen, falls er unter den gleichen Symptomen litt.«

Sebastian hustete mehrmals trocken. Dann fing er sich wieder und konstatierte:

»Durch seine Verstrahlung nach dem Kontakt mit *Polonium* wissen wir …«

Lucie ließ ihn nicht ausreden.

»… dass er nicht der Mörder von Carriere sein kann.«

Sebastian gab einen Grunzlaut von sich, den Lucie als Zustimmung deutete.

»Lass mich mal rekapitulieren. Carriere verdiente sich die ganzen Jahre ein Vermögen hinzu, indem er als Bote für eine kriminelle Organisation arbeitete. Wir wissen nicht, wer diese Leute sind. Vermuten aber, dass die italienische Mafia dahintersteckt.«

Lucie platzte heraus:

»Carriere wollte aussteigen. Und Mauro sollte ihm dabei helfen. Doch er lehnte es ab. Das hat mir der Italiener am Freitag gesagt.«

Der *Directeur de la Police* machte eine Pause.

»Hm ...«

Lucie rutschte an der Wand herunter und saß nun auf dem Küchenfußboden. Den Aschenbecher und die *Gitanes*-Packung neben sich. Sie qualmte ihre dritte Telefonzigarette und wartete auf Sebastians Eingebung. Diese kam nach wenigen Minuten.

»Nehmen wir einmal an, dass Carrieres Tod nichts mit seiner Schauspielerei und Pietro Mauros Einstieg bei *La Lumière* zu tun hat. Er ist gestorben, weil er, wie auch später seine Frau und der Italiener, ahnungslos das Paket öffnete und dadurch verstrahlt wurde.«

»Motiv – Neugier! Ich verstehe. Dann müsste ich nur herausfinden, warum Mauro Leute engagierte, um den Safe zu knacken.«

Sebastian schnaufte erleichtert durch. Seine Mitarbeiterin hatte offensichtlich nicht vor, dem Geheimdienst die Arbeit abzunehmen. Genau das hatte die Präfektin Gisele Mailard mit dem Innenminister besprochen und an ihn, Sebastian Cassel, weitergegeben. Er hörte sie befehlen:

»Lassen Sie die Finger von dem Fall. Pfeifen Sie ihre übereifrige *Commissaire* zurück! Die Sache ist hochpolitisch. Wer weiß, was da illegal über die Ost-West-Grenze geschmuggelt wurde!« Ihre Ansage dröhnte in seinen Ohren. Nun war er es, der Lucie zur Raison rufen musste.

»Darf ich dich daran erinnern, dass *Cannes* nicht dein originäres Einsatzgebiet ist. Ich werde dem Kollegen, mit dem du zusammengearbeitet hast, die Aufgabe übertragen, Mauro aufzusuchen. Gleich morgen früh. Und du, meine liebe Lucie wirst einen knackigen Bericht verfassen, den du mir zukommen lässt. Bitte auch gleich morgen früh. Ich habe um

11:00 Uhr einen Termin mit der Präfektin. Sie leitet alles Weitere in die Wege.«

Jetzt schnaufte Lucie.

»Muss das sein?«

»Ja. Es muss. Bitte erinnere dich an dein Versprechen.«

Sie erinnerte sich:

»Keine Alleingänge mehr.«

»Wir verstehen uns.«

Du hast Wichtigeres zu tun, sagte sie sich insgeheim. *Eine Tour durch die USA planen,* schoss es ihr durch den Kopf.

»Wir verstehen uns«, bestätigte sie ungewöhnlich kühl.

»Lucie? Bist du bald fertig?«, rief Patric von der Dachterrasse herunter. »Leiste uns Gesellschaft. Wir sehnen uns nach dir!«

Sie war froh über Patrics einladende Worte.

»Sebastian? Dann bin ich also raus?« Er bemerkte nicht ihre doppeldeutige Formulierung.

»Den Fall übernehmen andere.«

Kurz angebunden sagte sie:

»Okay. Dann wünsche ich dir einen entspannten Sonntagabend.«

»Ich dir auch, Lucie.«

Langsam erhob sie sich vom Küchenboden, hängte den Hörer in die Gabel und rief nach oben:

»Soll ich eine neue Flasche *Rosé Sainte Roseline* aufmachen und mitbringen?«

»Ja, bitte! Wir träumen von unserer Zukunft. Das kann eine Weile dauern.«

Lucie holte die bauchige Flasche aus dem Kühlschrank. Während sie den Öffner bediente, sagte sie sich:

»Die letzten zehn Jahre waren eine irre Zeit. Jetzt beginnt eine Neue.«

Auf der Terrasse angekommen, fragte sie:

»Von wo aus starten wir unsere Abenteuertour? *New York* oder *San Francisco?*«

Patric strahlte sie an:

»Das darfst du entscheiden!«

Épilogue

Le Monde   5. Oktober 1978

Börsengang der Filmproduktionsgesellschaft
La Lumière abgesagt

Der für Ende Oktober anberaumte Börsengang der
international tätigen Filmproduktion ist von der
Gesellschafterversammlung zurückgenommen worden.
Monsieur Serge Baldecchi, Finanzvorstand, teilte in
einer kurzfristig anberaumten Pressekonferenz mit,
dass durch den plötzlichen Tod des
Hauptanteilseigners Pietro Mauro die restlichen
Gesellschafter in einer Versammlung beschlossen
hätten, das Unternehmen nicht an die Börse zu
bringen.
Der italienische Geschäftsmann hatte ambitionierte
Pläne mit der durch die Petit-Krimireihe international
bekannten Filmproduktion. In der Pressemitteilung
zum geplanten Börsengang hatte er verkündet, dass
man in Zukunft publikumsträchtige Blockbuster
produzieren wolle. *La Lumière* sollte die führende
europäische Filmschmiede werden und den Majors in
den USA Paroli bieten.
Für das Filmbusiness hierzulande ist der plötzliche
Rückzug ein herber Rückschlag. Sowohl die

französische, als auch die italienische, englische und deutsche Filmszene wird vermehrt von amerikanischem Popkornkino dominiert.

Anspruchsvolle Produktionen kommen erst gar nicht in die großen Erstaufführungskinos. Sie dümpeln in der zweiten Reihe. Pietro Mauro hatte vor, mit neuen, talentierten Schauspielern und actiongeladenen international ausgerichteten Filmen ein junges Publikum anzusprechen. Dafür benötigte er den Erlös aus dem Börsengang.

Der Finanzvorstand erklärte, dass *La Lumière* sich im folgenden Jahr konsolidieren und man einen neuen Investor suchen wolle.

Nach dem tragischen Tod des beliebten Schauspielers René Carriere trauert die Filmbranche erneut. Bei beiden Persönlichkeiten ist die Todesursache weiterhin ungeklärt. Laut Polizei ergab die Obduktion keine Hinweise auf ein unnatürliches Ableben.

Lesen Sie im Feuilleton einen Nachruf auf Pietro Mauro, den Investor, der den europäischen Film erneuern wollte.

Hat Ihnen *Mord auf Zelluloid* gefallen?
Dann freue ich mich über eine Rezension oder eine
Sterne-Bewertung auf den bekannten Portalen.

Kennen Sie schon:
*Mord unter Stars, Mord unter Models, Mord an Bord,
Mord im Rausch, Mord im Casino, Mord auf dem Court,
Mord im Château, Mord am 14. Juli, Mord vor Publikum,
Mord auf Martinique, Mord auf der Rennstrecke, Mord als
Kunst, Mord im Milieu, Mord als Schauspiel, Mord bei
Anruf, Mord mit Worten, Mord im Jenseits, Mord im
Kollektiv oder Mord in Weiß?*

Seien Sie gespannt auf weitere Saint-Tropez Krimis.

Luc Winger gibt es auch auf *Instagram* und *Facebook*. Wenn Sie ihm folgen, erfahren Sie frühzeitig Interessantes zu neuen Büchern.

Vielen Dank, Renate, für die kritischen, aber immer konstruktiven Ratschläge und dein Korrektorat. Danke dir, Matthias, für das plakative Cover.

Milton Keynes UK
Ingram Content Group UK Ltd.
UKHW040651050923
428087UK00004B/419

9 783757 862220